伯爵令嬢サラ・クローリアは今日も赤い糸を切る

プティルブックス

Character

アレックス・ヒューバート

伯爵家の次男で、学園の騎士科に通う騎士見習い。ある日突然、自分や他人の小指から伸びる「赤い糸」が見えるようになる。はじめはサラに冷たくあしらわれていたが、次第にサラのことが気になるように。自分の小指から伸びる赤い糸が、いったいどこに繋がっているのかはまだ分からない。

サラ・クローリア

学園の特進科に通う、クローリア伯爵家の令嬢。この世界では珍しい、黒い髪と赤い瞳を持つ。幼い頃から「赤い糸」が見えており、それが何であるかを知っている。赤い糸を切るために銀色のハサミを持ち歩き、その姿から“破局の魔女”とあだ名されているが、この行動には理由があって……?

キーラ・クランス

サラの叔母。ある日、アレックスに手紙を出し、とある「秘密」を打ち明けるが……。

レイラ・クローリア

サラの母。サラの「糸が見える」能力により、夫婦関係が破綻。その後サラとは疎遠になっている。

マリア・ルーファン

学園に通う子爵令嬢。騎士の公開訓練の見学に毎回訪れている。プラチナブロンドの髪に柔らかく垂れ下がった目が特徴的で、男子生徒たちからの人気が高い。アレックスもマリアが気になるようだが、当のマリアは……?

Contents

プロローグ　005

第1章　赤い糸は突然に　009

第2章　神よ、あなたを恨みます　052

第3章　クローリア嬢の過去　096

第4章　母との和解　138

第5章　運命の赤い糸　170

第6章　赤い糸は永遠に　199

エピローグ　240

【エクストラストーリー】

糸屑～ある男の後悔～　246

糸屑～あるシスターの懺悔～　268

あとがき　284

プロローグ

──懐かしい夢を見た。

子どもの頃、どこかの森の奥で剣の訓練をしていた時の夢だ。白いワンピースを着た女の子が、大きな木の下で隠れるようにして泣いている。俺はゆっくり近付いて、彼女に話しかけた。

「だ、大丈夫？」

プラチナブロンドの髪が揺れ、顔を上げた彼女と目が合う。ルビーのような真っ赤な瞳は涙でキラキラと輝いていた。その美しさに一瞬目を奪われるが、すぐに我に返って言葉を続けた。

「どうしたの？　なんで泣いてるの？」

女の子はぐすぐすと鼻を鳴らすばかりで答えようとしない。俺は慌てて周りを探し、近くに咲いていた赤い花を手折る。

「ほ、ほら！　この花あげるから元気出して！」

「…………きれい」

女の子は鼻声で呟くと、渡した花を受け取ってくれた。

「ねぇ、どうして泣いてるの？」

少しは警戒心を解いてくれたのか、俺の問いにへの字に歪めた口が開く。

「い、糸、切っちゃった」

「……糸？」

「す、すごく大事なものだったの。なのに、わた、わたしのせいで、ダメになっちゃって」

糸？　いったいなんの？　う〜ん、よく分からないが何か大事なものを壊してしまったらしい。

女の子の瞳からは大粒の涙がこぼれ落ちる。俺はオロオロしながらどうにか泣き止んでくれないかと思考を巡らせた。

「えっと、正直に言って謝ればいいんじゃないか？　わざとじゃないんだろ？　きっと許してくれるよ」

「ダ、ダメなの。切っちゃったんだもん。切ったら元に戻らないんだもん」

俺はうんうんと唸りながら一生懸命考える。そして、パッと思い付いた。

「そうだ！　結び直せばいいんだよ！」

「……え？」

「切れたなら何度だって結び直せばいいんだよ！　ほら、糸は結び直せば一本に繋がるだろ？」

「……結び……直す？」

彼女は呆気に取られたようにポカンとした表情で俺を見ている。

「そう！　……まぁ、結び目とか出来て見た目は悪いかもしんないけど……でも一本は一本だ！

そうだなぁ……他の色の糸と結び直して新しい糸を作るのも面白いんじゃないか？」

今思えばずいぶん適当なことを言っている。彼女の涙を止めるために思い付いた、その場しのぎの言葉。

「……結び……直す」

もう一度小さく呟くと、次の瞬間彼女はふわりと花が咲いたように笑った。そして、俺の目をしっかりと見つめる。

「……ありがとう」

その可愛らしい笑顔は、俺の目に焼き付いていつまでも離れてくれなかった。

第一章　赤い糸は突然に

自分の小指に真っ赤な細い糸のようなものが巻き付いているのと気が付いたのは、朝起きてすぐのことだった。

……この赤い糸はいったいなんだ？　俺は昨日こんなものを付けて寝たか？　いや、付けてない。小指に巻き付いた糸は空中にピンと張ってあり、ドアの方にまで伸びていた。もしかして誰かの悪戯か？　キョロキョロとあたりを見回すが、人の気配はまったくない。

困惑しながらも、とりあえず巻き付いた糸を外そうと試みる。が、それは何かで貼り付けられたように小指から離れなかった。……というより、信じられないことに糸本体に触れない。触ろうと伸ばした手はさっきからスカスカと空振るばかりだ。

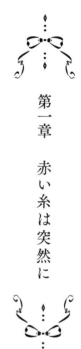

嘘だろう？　いったいどうなってるんだ？

もしかしたら俺はまだ夢の世界にいるのかもしれない。そう思って、ベタな手段だが頬を強くつねってみた。……普通に痛い。どうやらこれは現実だったらしい。残念ながらただのつねり損である。

もう一度小指に手を伸ばすが、その手は気持ちいいぐらいにスカッと空を切った。しかし、目の前にはハッキリと赤い糸が存在している。

いやいやいやいやいやちょっと待て。なんだよこれ、どういうことだ？　見えているのに触れない？　いや、普通に考えてそんなことはありえない。右手を上げると、ピンと張っていた糸が揺れる。よく見ると、糸はドアの隙間から外に向かって伸びていた。つまり、どこかに繋がってるってことか？

俺は慌てて制服に着替えると、糸を辿って外に出た。……余談だが、小指の糸は服や肌に引っかかったりしなかったのでスムーズに着替えることが出来た。

赤い糸は真っ直ぐ廊下を通って階段の下に向かって伸びている。それを辿って進んでいくと、なぜか食堂の入口に着いた。

——ハワード王立学園。

王都にある寄宿学校。将来の国を支える優秀な人材を育成するための教育機関である。貴族の子息令嬢はもちろん、優秀な平民や力のある騎士候補者が特待生として通っており、日々切磋琢磨しながら学んでいる。

俺はこの学園の騎士科に通うアレックス・ヒューバート、十七歳。弱小貴族の端くれ、ヒューバート伯爵家の次男だ。

栗色の髪にヘーゼルの瞳というありふれた容姿に加え、爵位を継げない次男なのでモテるはずもなく、将来は騎士になって自立出来るようコツコツと剣技を磨いている。弱小貴族だから政略結婚の話もないしな。……悲しいがこれが現実だ。

まぁ、学園は寮生活なので衣食住には困らないし、身分を弁《わきま》えて大人しくしていれば高位貴族に目を付けられることもないしで、ここ五年は快適な学園生活を送っている。出来ればこのままなんの問題もなく卒業したいものだ。

食堂を突き進んでさらに先へと伸びている赤い糸を見て、俺は顔を顰《しか》めた。たぶん友人の誰かが悪戯を仕かけて赤い糸を結んだのだとは思うが……どこまで続いてるんだ、これ。さすがにやりすぎじゃないか？

溜息をつきながら中に入った俺は、自分の目を疑った。

食堂の中にいる生徒全員の小指から、自分と同じように赤い糸が伸びていたからだ。それどころか、周囲には垂れ下がった赤い糸が蜘蛛の巣のように張り巡らされている。

な、なんだこれ。ハッキリ言って悪戯の度を越してるぞ。まさか全員グルなのか？　だとしたら何を企んでるんだ？　無意識のうちに眉間に力が入った。

食堂のメニューを選ぶふりをして、彼らの様子をこっそりと観察してみる。

俺の前で朝食を注文しているのは同学年のダニエル・エレミーだった。彼の小指には数本の赤い糸が絡まるように巻き付いている。あんなに付けて邪魔じゃないのだろうかと疑問が浮かぶが、本人からは気にしている様子は見受けられない。

調理場で料理を作っているシェフのベンさんと、生徒から注文を聞いているベンさんの奥さんであるニーナさんからも同じように小指から赤い糸が伸びているが、この二人の糸は俺みたいにぐるぐると絡まっているわけではなかった。綺麗な一本の線になり、お互いの右手と左手の小指に蝶結びで結ばれているのだ。こちらも糸を気にする様子はまったくない。

………………おかしい。

これは明らかにおかしいぞ。それなのに、なぜみんな何も言わないんだ？　こんなものが手に巻き付いていたら気になるだろ？　邪魔だろ？　みんなどうしてしまったんだ？　こんな大がかりな悪戯をするなんて、いったい誰の指示だ？

「次の方、ご注文は？」

ニコニコと笑顔を浮かべるニーナさんの小指を見ながら、俺は口を開いた。

「……あの。その小指に付いてる赤い糸はいったいなんなんです？」

「赤い糸？」

ニーナさんはきょとんと首を傾げる。心に余裕のない俺は若干イライラした口調で続けた。

「左手の小指に結んであるそれですよ。邪魔じゃないんですか？」

「え？」

ニーナさんは左手を動かしながら何度も確認すると、戸惑ったような表情で口を開く。

「あの……私の小指に赤い糸なんてありませんけど……？」

「は？　いや、付いてますよね？　細くて光沢のある赤い糸みたいなものが！」

「えっと、私には何も見えません、よ？」

ニーナさんはおずおずと答えた。その顔は「何言ってるんだコイツ」という困惑と不信感に染まっているだけで、とても嘘をついているようには見えない。

じわり。背中に嫌な汗が浮かんだ。おそらく顔色も悪くなっているだろう。

「大丈夫ですか？」

「……申し訳ありません。今言ったことは気にしないでください」

それだけ言うと、俺は注文もせず急いで食堂を出た。……なんだ？　これはいったい全体どういうことだ？　頭の中はパニックだった。もしかしてあの糸はニーナさん、いや、みんなには見えていない……のか？　まさかそんな！　カツカツと足音を立てながら、少し離れた校舎へと向かう。

綺麗に真っ直ぐ繋がった糸、ぐるぐると巻き付いただけの糸、切れかけたボロボロの糸、複数に絡み付いた糸。

すれ違う生徒たちからはやはり赤い糸が伸びていて、人が多いところでは糸の大渋滞が起こっていた。それなのに、誰一人気にせず通り過ぎていく。

俺は再び目の前にある赤い糸に手を伸ばしてみたが、その手は虚しく空を切るだけだった。これは……信じられないが、どうやらこの糸は俺にしか見えていないらしい。いやいや、嘘だろ。まったく意味が分からない。それより、俺の小指から伸びている糸はいったいどこに繋がっているんだ？　糸の先をぼんやりと見ていると、ある一人の女子生徒が視界に入ってきた。

同じ学園の制服に身を包んだ彼女は、左の女子寮の方向から真っ直ぐに歩いてくる。そして、なぜか俺の糸の手前でピタリとその歩みを止めた。遠目から見ていると、まるでゴールテープの前に立っているようだった。

彼女は暫《しばら》く立ち止まっていたが、小さく溜息をついて上着のポケットに手を突っ込んだ。その中からおもむろに取り出したのは、銀色に輝く小さなハサミ。

……ん？　えっ？　ハサミ……？　ハサミ!?

俺が驚いている間に、彼女はハサミの先端に着いている革のカバーを静かに外す。すると次の瞬間、なんの躊躇《ためら》いもなく目の前の赤い糸に刃を入れた。まるで糸が見えているかのような無駄のない動きである。

シャキン、という刃同士が擦れる小さな金属音が聞こえたと同時に、心なしか俺の右手がほんの少し軽くなった気がした。

その原因は糸が切られたからだということに気付くまで、そう時間はかからなかった。

な、なんだ？　いったい何が起きたんだ？

さっきまでどこかに向かって伸びていた俺の小指の赤い糸は、途中から半分に分かれてひらひらと風に舞っていた。

なるほど。やはり俺の赤い糸は途中でぷっつりと切られてしまったらしい。

突然現れた、同じ学園に通う一人の女子生徒の手によって。

いやいやいやいやいやちょっと待て。今のはなんだ？　何が起きた？　いったいどういうことなんだ？

もしかして……彼女もこの糸が見えている……ということなのか……？　しかも俺と違って普通に触れるみたいだし。というより、俺の糸はなぜ切られたんだ？　理由は？　そもそも切る必要があったのか？　え？　それよりこれって切っていいものなのか？　体に影響とかはないのか？　俺、大丈夫なのか？

突然の出来事に対応しきれず、俺の思考回路はめちゃくちゃだ。

一人慌てふためく俺の様子など知りもしない彼女はハサミを元のポケットに戻すと、何事もなかったように歩き始めた。

「あっ！　ちょ、ちょっと待ってくれ！」

俺は反射的に走り出していた。競走馬にも負けないスピードで彼女のもとまで行くと、その華奢な腕をしっかりと掴む。貴族の紳士としてはあるまじき態度だが、今は緊急事態だ。

驚いたように振り返った彼女の、腰まで伸びた艶やかな黒髪が揺れる。ルビーのような赤い瞳とバッチリ視線が交わった。

…………まずい。

後先考えず思い付いたままに行動してしまったものだから、ここからどうすればいいのかさっぱり分からない。

でも、彼女ならきっとこの糸について何か知っているはずだ。そうじゃなきゃハサミで切ったりなんかしないだろうし。出来れば一連の出来事を分かりやすく説明してもらいたいのだが……どうやって聞けばいいんだ？

彼女は腕を掴んだまま黙っている俺を訝《いぶか》しげに睨み上げると、不機嫌そうに口を開いた。

「腕、痛いんだけど」

「あっ……すまない」

俺は慌てて手を離す。痛むのか、彼女は片方の手で腕をさすっていた。眉間には深くシワが刻

まれている。謝罪しようと息を吸い込んだが、彼女の方が先に声を発した。

「それで？　私に何か用かしら？」

やけに高圧的な口調で俺を見上げる。こんな状況なのでツンケンした態度も仕方ないのかもしれないが、ずいぶんと近寄りがたいような印象を受けた。美人なのにもったいない。

「……突然話しかけて申し訳ない。あー、その……。実は君に聞きたいことがあって」

「そう。それで？」

「もしかして今……赤い糸を切っていなかったか？　空中に真っ直ぐ伸びた赤い糸」

考えがまとまらない中、俺はしどろもどろになりながらなんとか話を切り出した。二人の間には妙な緊張感が生まれる。

これでもし彼女が糸のことを何も知らなかったら、俺はただの不審者だ。いきなり腕を掴んだ挙句に赤い糸切ってませんでしたか、なんていうわけの分からない質問をしてくる男なんて不審者以外の何者でもない。……まずい。ひょっとしたらこれは俺のこれからの学園生活、いや、最悪貴族生活の立場に影響を及ぼすかもしれない。貴族は悪評が大好物だから。

「い、いや！　もしかしたら俺の見間違い、かもしれないんだが……」

歯切れの悪い弁明を続ける。我ながら実に情けない。おそるおそる彼女の様子を窺《うかが》うと、つり目がちな大きな瞳は真っ直ぐこちらを見据えていた。唇が小さく動くと、ぽつりと呟く。

「……貴方、見えるの？」

彼女の言葉を飲み込むのにずいぶんと時間がかかった気がする。

「えっ？　ああ、見えるけど……。えっ!?　ということは、やはり君にも見えるのか!?」

俺は驚いて大声を上げた。

「ええ、見えるわよ」

彼女はあっさりと答える。まるで好きな食べ物でも答えるかのような、ずいぶんと軽い調子で。

無駄に緊張して硬くなっていた俺の筋肉が緩む。だって、なんだか拍子抜けだ。

糸が見えるのは自分だけではないと分かって安心したのか、俺の口はぺらぺらと回り出す。

「俺、朝起きたら突然この糸が見えるようになってたんだ。最初は誰かの悪戯かと思ったんだが……不思議なことに他の人には見えないようで。言っても誰も理解してくれなかったんだ。正直この状況にかなり戸惑っている。だからこの糸について何か知ってるなら教えてほしいんだ。頼む！」

がばりと頭を下げる。頭上から降ってきた声は淡々としていた。

「赤い糸よ」

「……そ、それは見れば分かる。ええと、俺はこれがなんの糸で、どうして見えるようになったのかを知りたいんだが」

ふざけてるのかと思って顔を上げるが、彼女の瞳は相変わらず真っ直ぐで、至って真面目だった。

「運命の赤い糸」

「は？」

「東の国の伝説。知らない？　将来結ばれる二人の小指には赤い糸が結ばれているっていう話。今貴方が見てる糸がその運命の赤い糸」

そう言って彼女は面倒くさそうに溜息をついた。

「は？　え？　運命の……？」

「赤い糸。普通の人には見えない特別な糸なんだけどね。これは正真正銘、本物よ」

普通の人には見えない特別な糸。運命の赤い糸。

彼女の言葉を頭の中で何度も何度も繰り返す。……これが運命の赤い糸？　将来結ばれる二人の小指に結ばれている？　いや、まさかそんな。確かにこの糸は俺と彼女以外の人には見えていないようだが、でも、だからってそんな遠い国の伝説の話をされても。ああ、なるほど、なんて簡単に納得出来るものじゃない。

「この赤い糸の先に、運命の人がいるのよ」

彼女の凛とした声が鼓膜を揺さぶる。猫のように鋭い双眼に射抜かれるように見つめられ、一瞬息をするのを忘れた。彼女の表情がひどく真剣で、胸のあたりが嫌な感じにざわつく。

「……ま、冗談はさておき」

「え？」

彼女はふっと自嘲的な笑みを浮かべた。

もしかして揶揄《からか》われていたのだろうか。だとしたらずいぶんと質《たち》の悪い嘘つきだ。詐欺師の素質がありすぎる。

「ああ。貴方と私に見えてるこの糸が運命の赤い糸っていうのは本当よ」

不満が顔に出ていたのだろうか。彼女は念を押すように告げると、また説明を始める。

「でもね、これは運命の赤い糸っていうより気持ちを表す糸って言った方がいいわ」

「気持ちを表す？」

「そう。簡単に言えば、その糸は好きな人に向かって伸びてる糸なのよ」

俺の小指から伸びた赤い糸の先端が、重力に従ってだらりと地面に落ちた。

「好き同士を繋げる大切な糸。神様は何を考えてこんな糸を作ったのかしらね」

……ええと、どういう反応をすればいいんだろう。まったく話についていけない。俺は置いてけぼりの思考に活を入れる。

「本物の運命の相手ならどんなに切られてもまた繋がるみたいだけど……残念ながら私は見たこ

となないわね。復縁しても意味ないわ。みんなぷっつり。切れたらおしまいよ」

いやいやいやいやいや。なんだか頭が痛くなってきて、思わず額に手を当てる。

「話を少し整理させてくれ。……ええと、この糸は運命の赤い糸で、好きな人に向かって伸びてる糸なんだよな？」

「そうよ」

「普通の人には見えない糸」

「そうよ」

「じゃあなんで俺たちには見えてるんだ？」

「さぁ。それこそ神様の思い付きなんじゃない？」

返ってきたのはどうにも釈然としない答えだった。彼女の言う通り神様の思い付きとやらでこんなことになったなら迷惑極まりない。どう責任を取ってくれるんだ神様よ。

「糸を見ればその人の恋愛事情が大体分かるわよ。もちろん知りたくなくてもね」

「……例えば？」

「小指の糸が蝶結びなら両想い、絡み付いてるだけなら片想い、複数本ならその数の分だけ相手がいるか、好意を寄せられているかのどちらかね。切れかけの糸は近いうちの別れを示唆していて、切れた糸は失恋」

今まで半信半疑で聞いていたのだが、思い返せば今の話は朝からの出来事と全て一致する。やはり彼女の言う通り、これは運命の赤い糸で間違いないのかもしれない。

「……君はなんでそんなに詳しいんだ？」

「見てる年季が違うんだから当たり前でしょ」

あっさりと告げる彼女は、いったいどれくらい前からこの糸が見えていたのだろうか。

しかしまぁ、糸を見るだけで人様の恋愛事情が把握出来るとは。そんな力いつ使うというのだ。好きな人の好きな人を知ってしまった日なんかは地獄じゃないか。もし俺がそんな目に遭ったら、一週間は部屋に引きこもってしまうかもしれない。……いや、待てよ。考えようによっては失恋したタイミングが分かればこちらも動きやすくなるし、案外使えるのかもしれないぞ？　失恋したかどうかは糸が切れたのを確認すればいいわけだろ？　だったら………あれ？

ここにきて、俺は重大なことに気が付いた。

いや、待てよ。ちょっと待て。これが本物の赤い糸で、切れた糸が失恋を表してるというならば……。

俺の運命の赤い糸、たった今目の前の彼女に切られちゃったんですけど。

顔色を悪くさせながら、俺は息を呑んだ。

「……ひとつ、質問してもいいか」

「何よ」

「切れた糸は何を表すんだったただろうか」

「失恋ね」

「じゃあ……さっき切られた俺の糸はどうなる？」

「失恋したってことになるんじゃない？」

「なっ！」

なんだって⁉　この女、勝手に人の糸を切っておいてこの態度はなんなんだ⁉　ちょっと無責任なんじゃないのか⁉

「もしかして貴方、好きな人がいたの？」

「べっ、別にそういうわけでは……！」

顔に熱が集まると同時に、俺の頭にはとある令嬢の姿が浮かんだ。

騎士科の公開訓練を見学に来てくれる、プラチナブロンドの可憐なご令嬢。春の日差しのような笑顔を振りまくとても感じのいいご令嬢で、たまに他愛のない話をしたり食堂で会った時は何度か食事を一緒に取ったりしたこともあるが……。え？　つまり、告白どころか碌《ろく》にアタックもしてないのに、俺の失恋は決定事項なのか？　試合開始前からいきなりの敗北なのか？　いや、俺の糸があの令嬢と繋がっていたかは分からないけど！　少しくらいの可能性はあったんじゃないのか⁉

「き、君はなぜ俺の糸を切ったんだ⁉　もしかしたら運命の相手に繋がってたかもしれないんだろ？　まだその相手も分かってなかったのに！」

俺は右手の小指を指差しながら彼女を問い詰める。

「ああ、それね」

情けなく地面に垂れ下がった赤い糸を一瞥すると、彼女は冷たい声で言い放った。

「邪魔だったから」

「……は？」

「私がここを通るのに邪魔だったから切ったの。文句ある？」

俺の思考は一時停止した。

のち、ゆっくりと動き出す。邪魔だったから……だと？　目の前の女はこの糸が人と人を結ぶ大切な糸だって分かってるくせに、通行の邪魔だからなんていう自己中な理由で勝手に切ったっていうのか⁉　冗談じゃない！

「ふ、ふざけるな！」

「……まったく。糸の一本や二本でごちゃごちゃうるさいわね。本当に運命の相手だったならまた繋がるわ。気長に待ちなさい」

「なんだと⁉」

彼女は心底面倒くさそうなしかめっ面で俺を見やる。どうやら反省はしていないらしい。

「言ったでしょう？　本当に運命の相手だったら再び繋がるって。ま、そしたら私も初めて見ることになるから、楽しみにしてるわ」

コイツ……完全に俺を馬鹿にしてるな？

「ちなみに……運命の相手じゃなかったらその後糸はどうなるんだ？」

「そうね。失恋したたいていの人はすぐ別の人に気持ちが移るから、糸も別の人に伸びるわね」

「すぐ⁉」

「ええ。切れたら結構そんなものよ。まぁ……それだけのことで他人に気持ちが移るなら所詮その程度の気持ちだったってことでしょ。運命でもなんでもないわ」

彼女の言葉が凶器のように突き刺さる。

「運命の赤い糸なんて鍵穴みたいなものよ。手持ちの鍵を何本差し込んでも形が合わなきゃ開かない。それと同じ。どんなに好きな人に赤い糸を繋げても、結ばれないものは結ばれないのよ」

寂しげにぽつりと呟くと、彼女はくるりと半回転して俺に背を向けた。制服のスカートがふわりと揺れる。

「授業に遅れるからもう行くわ。じゃあね、騎士科の〝アレックス・ヒューバート〟様」

彼女は顔だけを俺に向けて挑発的な笑みを浮かべると、一言残して歩き出した。小さくなっていく背中をぼんやりと見つめながら、「……なんで俺の名前を知ってるんだ？」と考えたところでザッと血の気が引いた。

学園内では皆平等、という校則があるとはいえ、相手の爵位や年齢を確認せず一方的に話しかけ、初対面にもかかわらず自分の名を名乗りもしなかっただなんてマナー違反もいいところだ。まさに常識知らずの恥知らず。一歩間違えば家をも巻き込んだ大問題になるところだった。自分の態度は彼女の怒りを買ってもおかしくないどころか、むしろ怒りしか買えない状態だったのに……許してくれた彼女の広い心には感謝しかない。自分の非礼に気付いた俺は顔面蒼白でガックリとうなだれた。

今回は運が良かったが、直情型の脳筋思考をどうにかしないといつか取り返しのつかない事態を引き起こしそうで怖すぎる。気を付けてはいるんだがなぁ……。

短くなった赤い糸が、慰めるように風に靡《なび》いた。

俺は自己嫌悪に陥りながら教室のドアを開けた。

「アル！　遅かったな」

入ってすぐに声をかけてきたのは友人であるトーマス・オルゲンだった。騎士科の生徒で伯爵家の三男である彼とは寮の部屋が隣なこともあって、入学以来仲が良く、今ではあだ名で呼び合うほどだ。

「ああ。ちょっと色々あってな」

「ふーん」と適当に相槌を打っている奴のその小指からも、赤い糸が伸びているのが確認出来た。その糸は結ばれているわけではないので、さっきの彼女の話を信じるならばコイツの片想いなのだろう。

「……なぁ。この学園に通う黒髪のご令嬢に心当たりはないか？」

聞いたとたん、トムは興味津々といった様子で身を乗り出してきた。

「おおっ、なんだ⁉　アルにもついに春が来たかっ⁉」

「は？　バカか。そんなんじゃない」

俺は苦虫を嚙み潰したような顔でトムを睨むと、適当な理由を作って話し出す。まさか本当のことを話すわけにもいかないしな。つーか、言ったところで信じてもらえないだろうし。

「あー……さっきちょっとその令嬢の落とし物を拾って。返したいんだけど名前が分からないんだ。で、知らないか？」

「う～ん。……黒髪は確かに少ないが、いないわけじゃないからなぁ。他に何か特徴はないのか？」

そう言われて彼女の姿を思い出す。

「そうだな……目は猫のような大きめなつり目で、瞳の色は赤。全体的に華奢な感じで肌は青白い。爵位は不明だが仕草からして平民ではなく貴族だな。近寄りがたい雰囲気で喋るとちょっと生意気。あとは……小さなハサミを持ってたな。先端に革のカバーが着いた銀色のやつ」

「ああ、なるほど。ハサミといえば特進科のサラ・クローリア嬢だな。クローリア伯爵家のご令嬢だよ」

彼女の名前は案外あっさりと判明した。

それにしても……彼女、伯爵令嬢だったのか。じゃあさっきの態度は同じ伯爵家だからギリギリセーフか？　ほぼアウト寄りのギリギリセーフか？　いや、俺が無礼を働いたことには変わりないのだが。その点は反省している。

「まぁ～、あそこはちょっとばかし複雑な家庭でさ……」

「複雑？」

「ああ。入婿だった父親は全てを捨てて愛人と駆け落ち。それを苦に母親は体調を崩し領地の隅で病気療養中。伯爵家は現在クローリア嬢の祖父殿が当主代理を務めているらしい。将来的にはクローリア嬢が爵位を継ぐそうだ」

なるほど。だから淑女科ではなく特進科に在籍しているのか。淑女科は主に淑女としてのマナーを学ぶ令嬢のみが在籍し、特進科は文官を目指す子息や当主になる嫡男が多く在籍しているから。

「お前……よく知ってるな」

「そりゃ、ハサミを持ち歩いている令嬢なんて滅多にいないだろう？」

……確かに。銀色のハサミを持っている彼女の姿はインパクトが強かった。忘れたくても忘れられない。

「それに、彼女は色々と有名だからな」

トムは含みを持たせた言い回しをしながら肩を竦《すく》めた。

「色々って？」

「〝破局の魔女〟」

「は？」

「彼女のあだ名だよ。聞いたことないか？」

「……ないな」

「あー、お前そういうの疎いもんなぁ。なんでも、黒い髪に赤い瞳が魔女みたいなんだってさ」

そう言われて、彼女の容姿を思い浮かべる。確かにこの国で黒い髪は少ないし、あの赤い瞳はなんでも見透かしていそうな気はするが……それだけで魔女呼ばわりはいかがなものだろう。

「そして、クローリア嬢が肌身離さず持っているあのハサミ。あのハサミには呪《まじな》いがかけられていて、恋人や婚約者、夫婦の間をあのハサミで切られるとどんなに仲睦まじかろうが別れてしまうそうなんだ。彼女のせいで破局したカップルは数えきれないほどいるって専《もっぱ》らの噂だぞ。その噂のせいか、親しい友人の一人もいないらしい」

俺は自分の小指を見つめながら眉をひそめる。

「まぁ、あくまでただの噂だけどな。ほら、彼女ってかなりの美人だろ？　しかも次期伯爵家当主。俺たちみたいな貴族の次男以下の令息たちにとって喉から手が出るほど欲しい好条件の結婚相手だ。だから告白や婚約の打診がひっきりなしらしくて。令嬢たちが嫉妬してそんな噂話を流したんだよ」

彼女があのハサミを使って赤い糸を切っていることは身を以て体験しているので間違いない。しかも「道を通るのに邪魔だから」なんていう理不尽な理由で。

悪びれる様子もまったくなかったし。彼女が噂通りの女性ならとんでもない悪女なんじゃないか？　想い合っている二人を別れさせるなんて言語道断である。なんだかふつふつと怒りが湧いてきた。

「でも、告白や婚約の話は全部断ってるらしい。かなり冷たく断ってるみたいでな。断られた令息たちが腹いせにあることないこと吹聴するもんだから、噂にますます拍車がかかってるってわけ」

「へぇ。色々大変なんだな」

「ああ。彼女を手に入れるのは至難の業だと思うけど、せっかくやってきたお前の春だ。存分に足掻けよ！」

「……は？」

トムがとんでもない言葉を言い放つ。俺の目が点になった。

「何言ってんだ？」

「いや。だってお前、クローリア嬢に惚れたんだろ？」

「はぁ!?」

「落とし物拾った時に一目惚れしたんだろ？　分かってるから隠さなくていいぞ！」

「違う！　そんなんじゃない！」

「あー、はいはい。照れんなって」

いくら否定してもトムはニヤニヤと下卑《げび》た笑みを浮かべてこっちを見てくる。……腹立つ。

殴っていいかな？　いいよな？

「そんなお前に朗報だ。クローリア嬢は放課後になると東棟の第二図書室にいるぞ！　応援してるから頑張れよ！」

「何が朗報だ！　言っておくが俺は行かないからな！」

「いやいや。お前、クローリア嬢の落とし物拾ったんだろ？　だったらそれ届けに行かなきゃマズイだろ」

「そっ、それは……」

「クラスに行けば注目の的だろうけど、あそこは滅多に人が近付かないからな。逢瀬《おうせ》にはちょうどいいぞ！」

しまった……さっきそういう設定にしたんだった。いや、その前に逢瀬ってなんだよ。断じて言うが逢瀬ではないぞ、断じて。

「安心しろ。俺は全力でお前の恋のアシストしてやるからな！　特に情報収集は任せとけ！」

無駄に良い笑顔で親指をビシッと立てるトムに思わず頭を抱えたくなった。……が、まぁ確かに彼女には聞きたいことがたくさんあるし、一言ガツンと言わないと気が済まない。その情報は大いに使わせてもらうとするか。

俺は言いようのない怒りを抱えながら放課後になるのを静かに待った。

――勝負の放課後。東棟、第二図書室。入口のドアの前で仁王立ちすること数十分。

様々な本が分野ごとにきちんと並んでいる第一図書室とは異なり、ほぼ倉庫扱いとなっている第二図書室付近は、トムの言っていた通り人の気配はまったくしない。

今日一日を過ごして、たくさんの糸を見た。

遊び人と呼ばれる男の指にはたくさんの糸がぐちゃぐちゃと絡んでいたし、婚約者同士の糸は蝶結びで綺麗に結ばれていた。最近失恋したと噂される令嬢にはボロボロになった短い糸があったり、奥さんのいる教師からは二本の糸が伸びていて、そのうちの一本は今にも切れそうだったり。彼女が言っていた、運命の赤い糸。好き同士を繋げる、大切なもの。……これはもう信じるしかないだろう。

入るか入らないか迷いに迷っていた俺はひとつ深呼吸をすると、ようやく覚悟を決めて冷たいドアノブに手をかけた。

瞬間、ひんやりとした空気が頬を掠める。一歩足を踏み入れると、古い本や紙とインクが混ざり合ったような独特の匂いに包まれた。こういった場所に慣れていないせいか、なんだか緊張して落ち着かない。

そのまま奥に進んで行くと、目的の人物はすぐに見つかった。

彼女は静寂に包まれた空間の中でカウンターに座って本を読んでいた。活字を追うその横顔は確かに整っていて、この静かな雰囲気によく似合っている。

規則的に並べられた机の上には、棚に入りきらなかったであろう本が高く積み上げられていた。

「……失礼。サラ・クローリア嬢とお見受けする」

俺はカウンターの真正面に立って口を開いた。顔を上げた彼女の表情にこれと言った変化は見られない。俺がこうして図書室に来たことにも、たいして驚いていないようだった。

「私は騎士科に通うアレックス・ヒューバートと申します。まずは先ほどの非礼をお詫びしたい。名前も名乗らず一方的に話しかける、淑女の腕を掴むなど数々の非礼、大変申し訳ありませんでした」

彼女の赤い瞳が真っ直ぐに俺を見つめる。その様子からは何を考えているのかさっぱり読み取れなかった。無表情に近いまま、彼女の薄い唇が動き出す。

「あら。貴方まともな挨拶出来たのね」

おお、なかなかの皮肉。切れ味の鋭い先制パンチをくらい、俺はぐっと押し黙った。

「私は特進科のサラ・クローリアと申します。謝罪は受け入れますが、先ほどのことはどうぞお気になさらず。同じ学年ですし敬語はいりません。自由に話して結構よ」

「ありがとうございます。……じゃあ遠慮なく。そちらも自由に話してくれて構わない」

クローリア嬢は読んでいた本に赤い花の押し花で作られた栞を挟むと、そのままパタリと閉じた。静かに立ち上がり、カウンターから出て俺と真っ直ぐ対峙する。

「それで？　私に何か用かしら？」

相変わらずツンケンとした口調だが、ここで怯んではいられない。

「朝の件で色々聞きたいことがあって」

「朝？　あれ以上説明することはないと思うけど……まぁいいわ。聞いてあげる」

眉をひそめながらだったが了承を得たので、俺は彼女に質問を始める。

「じゃあまず……なんで俺の名前を知っていたんだ？　俺たちは初対面だっただろう？」

「貴族名鑑が頭に入ってるからよ。それに、騎士科の生徒は何かと目立つしね」

なるほど貴族名鑑か……。次男だし騎士になるから自分にはあまり関係ないものだと、碌に目を通していなかった分厚い本を思い浮かべ納得した。

「それより、最初の質問がそれなの？　他にもっとあるでしょうに」

呆れ顔のクローリア嬢を無視して、俺は続ける。

「この赤い糸は……本当に運命の赤い糸なのか？　将来結ばれる相手に繋がっているという？」

「ええ、そうよ。正確には好きな人に向かって伸びる糸だけど」

「クローリア嬢は――」

「サラでいいわ。家名は嫌いなの」

彼女は本当に家名が嫌いなようで、苦々しい顔をしながら言った。

「……失礼。サラ嬢はいつからこの赤い糸が見えてるんだ？」

「物心つく前からずっとよ」

「それは……大変そうだな。子どもの頃はずいぶんと苦労したんじゃないか？」

「まぁね。もう慣れたけど。お気遣いどうもありがとう」

「それで、サラ嬢はなぜ赤い糸に触れるんだ？　俺は何度やっても空を切るだけでまったく触れないのに」

「アレックス・ヒューバート様」

サラ嬢の目付きは鋭いものへと変わった。声色も口調も冷たさを増す。

「私、回りくどいのは嫌いなの。早く本題に入ってくれない？」

はぁ、と口から溜息がこぼれ落ちる。もう少し場を温めてから言おうと思ってたんだが、もういいか。

「……サラ嬢はいつもあんなことを？」

「あんなことって？」

「通るのに邪魔だとかそういう身勝手で理不尽な理由で他人の大事な糸を切っているのか？」

睨むように赤い瞳を見るも、彼女は飄々とした態度のまま答える。

「そうよ」

「そうよって……」

糸を切るということは想いを断ち切るということ。つまり、失恋。恋人たちが別れるのは、噂通り彼女が好き勝手に切っているからで――。

「自分のせいで人が辛い思いをしてるんだぞ？　それでもなんとも思わないのか⁉」

「思わないわ。だって私〝破局の魔女〟だもの」

その名を聞いて、一瞬言葉を失った。

「自分が世間からなんて呼ばれてるかぐらい、知っているわ」

自嘲気味に笑うその姿は、少しだけ悲しそうに見えた。

「私は本物の魔女ではないけど、まぁ似たようなものなのかもしれないわね」

呟くように言うと、サラ嬢は窓際へと歩き出した。がらりと窓を開けて何かを探すように周りを見渡すと、俺を手招きする。

「……なんだよ」

彼女は窓の外を指差して言った。

「中庭のベンチに座ってる男女がいるでしょ？　あの二人の繋がった糸、見える？」

指の先に目を向けると、制服姿の男女が隣同士でベンチに腰かけていた。その間には確かに赤い糸が伸びている。

「……ああ、見えるが」

ん？　よく見るとあれはダニエルとソフィア・トール男爵令嬢だ。あの二人ってもしかして付き合って……いや、婚約者同士だったのか？　……全然知らなかった。二人は何か真剣な話をしているようだが、会話までは聞こえない。

「じゃあそのまま見てなさい。面倒くさいけど、今ここで証明してあげるわ。私が他人の糸を切ってもなんとも思わないってこと」

言うや否や、彼女は空中で糸を手繰り寄せるような動きを見せた。すると驚いたことに、二人を繋いでいた赤い糸がするするとサラ嬢に向かって伸びてくる。彼女はその糸の真ん中を左手でつまんだ。そして、あの時と同じような仕草で制服のポケットから銀色に輝くハサミを取り出した。まさか――！

「やめろっ‼」

俺の声は虚しくも厭《いや》な金属音にかき消された。

はらり、はらり。

糸は無情にも二本に分かれて地面へと落ちていく。俺はその様子をただ見ていることしか出来なかった。

「これで明日には別れてるわよ。あの二人」

顔色ひとつ変えずに平然と言い切ったサラ嬢を呆然と見つめる。コイツ……自分が何をしたか分かってるのか!?　あの二人は何も悪くないのに、彼女が糸を切ったせいで明日には他人同士になってるんだぞ？　そんな理不尽なことありえない。サラ嬢は気怠そうにはぁ、と息を吐いてから言った。

「人の気持ちなんてあってないようなものなのよ。こうやって切られたらすぐおしまい。それなのに、運命なんて信じちゃって馬鹿みたい」

その言葉で、俺の中の何かが音を立ててぶちギレた。

「いい加減にしろ!!　お前は人の気持ちをなんだと思ってるんだ!!」

静まり返った図書室に怒声だけが響き渡る。俺の口は箍《たが》が外れたように止まらない。

「お前になんの権利があって他人の大事な糸を切ってるんだよ!?　繋がりを切って楽しいか？　人と人が離れてくのを見て楽しいか？　なぁ、答えろよ!!」

彼女は何も言わずただ真っ直ぐ俺の目を見ていた。心の内まで全て見透かされてしまいそうな赤い瞳で、ただ真っ直ぐに。眉ひとつ動かさない彼女のそういった態度が、余計に俺を苛立たせる。

「破局の魔女？　はっ！　笑わせるな！　お前のやってることは他人の幸せを奪って不幸に陥れ

るだけの最悪の行為だ！　魔女なんかよりもっとひどい!!　俺はそんなお前を絶対許さない!!」

上下する肩で息を整えていると、これまで黙って話を聞いていたサラ嬢が俺の目を見据えたまま口を開いた。

「言いたいことはそれだけかしら？」

カッと頭に血がのぼった。どうやら彼女は人の神経を逆撫でするのがずいぶんと上手いらしい。これ以上彼女と会話をしていたら怒りでおかしくなりそうだ。俺は図書室のドアに向かって歩き出す。

「今まで……お前のせいでどれだけの人が泣いたんだろうな」

ドアの前で捨て台詞のように吐き出すと、俺は後ろも振り返らずに図書室を出て行った。


「聞きまして？　ダニエル様とソフィア様、婚約破棄なさったんですって！」

「まぁ！　本当に？」

「ええ。正式な書類はまだ揃ってないみたいだけど、両家の間で合意したそうよ」

不本意ながら、破局の魔女《サラ・クローリア嬢》が言っていたことは現実となった。

学園内では朝からとある婚約破棄の話で持ちきりである。

……言いたくはないが昨日の二人だ。彼らの婚約は広く知られていたらしく、破棄の件は女子生徒を中心に瞬く間に広まった。おかげで聞きたくもないのに色々な情報が耳に入ってくる。生徒たちで溢れる食堂では、特に。

昨日の出来事はあまり思い出したくないのに。話を聞くたび、あの厭な金属音が耳の中で響くのだ。俺はただひたすら昼食のパンを咀嚼する。きっと今の俺はさぞかし仏頂面をしているのだろう。その証拠に、話しかけてくる奴は誰もいなかった。

「聞いたか？　ダニエルとソフィア・トール男爵令嬢の婚約破棄」

……さっきの言葉を訂正しよう。仏頂面の俺に話しかけてくる奴はいなかった。ただ一人を除いて。

今最も聞きたくない話題を堂々と振ってきたトムを睨むように見上げる。本当に空気の読めない男だな、コイツ。

「は？　興味ねーよ」

「こっわ！　機嫌ワッル！　どうした？　カルシウム不足か？　ニーナさんに牛乳頼んどくか？」

これを冗談ではなく真剣に言ってるところが腹立たしい。不機嫌な俺の態度に臆することなく、トムはトレーを置いて前の席に座った。いや、ここは空気を読んで立ち去るべきだろう。そんな俺の心中も知らずに、トムは能天気に続ける。

「アイツら婚約期間結構長かったのになー。こんな終わり方ってなんか切ないよなぁ」

こうなったのは全部あの女のせいだよ、と口には出さず心の中で文句をぶつける。ああもう、昨日からずっと最悪の気分だ。

「でも、さすがのソフィア嬢も我慢の限界だったんだろうなぁ。ダニエルの浮気癖は本当にひどかったから」

「……………は？」

予想外の内容に思わず声が出る。

「え？　まさかお前知らなかったのか？」

トムはそんな俺を驚いたような丸い目で見てきた。悪かったな。俺はそういう情報に疎いんだよ。

「元々あの二人の婚約は政略で結ばれたものだったらしい。それもダニエルの家からの申し出で。でも、たとえ政略だったとしてもソフィア嬢はダニエルを愛してた。……残念ながらダニエルはそうじゃなかったみたいで、婚約者のいる身でありながら複数の女性と関係を持ってたんだ」

そういえば……。昨日の朝、食堂で会った時に見たダニエルの小指にはたくさんの赤い糸が絡まっていた気がする。放課後、図書室から見た時はキャパオーバーだったせいか気付かなかったけれど。

「今まではソフィア嬢がダニエルを愛していたから、親からどんなに破棄を勧められても断ってたんだ。でも、ようやく目が覚めたのかな？　それとも愛想が尽きたのか……まぁそりゃ尽きるよな。学園内で見せつけるように逢瀬を重ねられてたら。俺も何回か見たことあるけどひどいもんでさ、ソフィア嬢はよく我慢してたよ」

話を聞くにつれて、俺の心臓がジクリと痛みだした。なんだか胸のあたりに黒いもやがかかったような気がして気持ち悪い。

「不貞行為を理由に相手有責での婚約破棄だろうから、慰謝料をたっぷり貰ってもっと良い婚約者を見つけるといいさ。幸い、事業提携なんかの話には影響がないみたいだし、ソフィア嬢が気に病むことは何もないんだ。最近じゃ貴賤婚や恋愛結婚も多くなってきたし、破棄して傷物扱いされることもなくなってきたしな」

今まで眉尻を下げていたトムが、ふと表情を緩めて言った。

「個人的にはこれで良かったと思うよ。だって、そんな不誠実な男と結婚したってソフィア嬢は幸せになれないから」

トムの言葉が胸に突き刺さった。回らない頭を必死に動かして情報を処理していく。すると、ひとつの可能性が浮かんできた。

……もしかして、彼女はこのことを全部知っていたんじゃないだろうか、と。

胸に渦巻いた黒いもやもやは、時間の経過と共にどんどん大きくなっていった。喉に引っかかった魚の骨のように、チクチクと胸に何かが突き刺さる。そのせいで、午後の授業はまったく集中出来なかった。

頭の大半を占めるのは、もちろん昨日の出来事である。

……そうだ。よくよく思い出してみれば、ベンチで見たあの二人の糸はかろうじて繋がっているような状態だった。所々が弱っていて、いつ切れてもおかしくないほどに細くなっていたし、蝶結びも未完成だった。

ああ、自分はなんて馬鹿だったんだろう。いくら余裕がなかったからとはいえ色々見落としすぎだろ。前回の反省がまったく活かされていない。寮へ向かう足取りは鉛のように重苦しい。白己嫌悪で押し潰されそうだった。立ち止まって、俺の心をそのまま映したような曇天を見上げる。

……何も分かっていないのは、俺の方だったんだな。

赤い糸のこと、ソフィア嬢のこと、ダニエルのこと、人の気持ち。そして――サラ・クローリア嬢のこと。

あの時、彼女はいったいどんな気持ちで俺の怒声を浴びていたんだろう。怒りもせず、反論もせず、いったいどんな気持ちで…………。

ああああああああもう!!　ぐしゃぐしゃと頭を掻き回す。こんなところで一人うだうだ悩んでいたって仕方ない。男は度胸。行動あるのみだ！　両手で頬を叩いてしっかりと気合いを入れると、くるりと踵を返す。俺は第二図書室に向かって歩き出した。

キィ、と小さな音を立ててドアを開ける。中の空気は昨日と変わらずひんやりと冷たい。まるで俺の来訪を迷惑がっているようだった。ずんずんと突き進むと、活字に目を落としているサラ嬢の横顔が目に入った。俺は思わず立ち止まる。

しかし、気配を感じたのかサラ嬢は静かに顔を上げた。猫のような大きなつり目と目が合う。俺と彼女の間には張りつめた空気が漂っていた。息苦しいほどの静寂に包まれ、見つめ合ったまま動けなくなる。

そのままの状態でどれくらいの時間が経ったのだろう。実際にはほんの数分、いや数秒だったのかもしれないが、俺にはやけに長く感じた。

「何か？」

静寂を破ったのは、彼女の凛とした声だった。

「……あ、ああ。いや、その、」

「用がないなら帰ってくれる？　読書の邪魔だから」

彼女の態度は昨日とまったく変わらない、上から目線の高圧的なものだった。そのことになぜか少し安堵して、俺はゆっくりと口を開く。

「……知ってたのか？」

「は？　なんの話？」

俺はしどろもどろになりながら続ける。

「その……昨日の。ダニエルが他の女と浮気していたことやソフィア嬢が悩んでいたこととか、色々」

サラ嬢はいったん俺から視線を逸らして溜息をついた。

「あんなのただの気まぐれよ。あの時、たまたまベンチに座っている二人を見つけた。だから糸を切った。それだけ。貴方の思っているような理由はないわ」

キッパリと言われるも、俺は気付いてしまった。彼女の白く小さな細い手が、読みかけの本のページがよれるほど強く握り締められていることに。それを見て、なぜか俺の胸が痛んだ。

「……昨日言ったことは全て撤回する」

「え？」

「悪かった。ひどいことをたくさん言って、最低だなんて怒鳴って……本当に申し訳ない」

謝罪の言葉を述べると、俺は深く頭を下げた。口では気まぐれだの邪魔だからだのと屁理屈を言っているけど、彼女は彼女なりの考えがあって行動しているのだろう。

頭上から、深い溜息をつく音がした。

「顔、上げて」

その声に、俺はゆっくり顔を戻す。サラ嬢は俺から目を逸らさずに言った。

「謝る必要はないわ。貴方は事実を言っただけなんだから」

「違う！　そうじゃない！　何も知らなかったのは俺の方だったのに。噂を鵜呑みにして、サラ嬢のことを傷付けた」

「……別に私は傷付いてないわ。怒ってもないし、貴方が謝る必要は本当にないのよ」

「でもそれじゃ俺の気が済まない！」

「……貴方、なかなかしつこいわね」

サラ嬢は再び溜息をついた。

「じゃあ、私の言うことひとつだけ聞いてくれる？」

「もちろんだ。俺に出来ることならなんでも聞こう」

俺はしっかりと頷く。償いになるなら、たとえ〝土下座しろ〟や〝一発殴らせろ〟なんて言われても受け入れるつもりである。これでも騎士候補生。日頃から鍛えてるからな。

「そう。なら、サシェラってお菓子屋さんのバタークッキーを買ってきて。いつでもいいから」

「は？」

どんな無理難題が来るのかと身構えていた俺の体からは力が抜けた。

「あの店のクッキー気に入ってるのよ。悪い？」

「いや、別に悪くないが……そんなことでいいのか？」

「あら。あそこは人気店だから並ばないと買えないのよ。客層は女性が多いし、男性には居心地が悪いんじゃないかしら？」

しばらくポカンと口を開けている俺を怪訝《けげん》そうな顔で見やる。

「……何よ」

「いや……ずいぶんと可愛らしいお願いだなと思って」

素直な感想を言えば機嫌が悪そうに眉間にシワが寄った。

「で？　買ってきてくれるの？　くれないの？」

「そりゃ買ってくるけど……本当にいいのか？　焼き菓子ひとつで許してくれるなんて……」

「許すも何も別に私は怒ってないもの。ただ、せっかくの貴方の厚意を無駄にするのはもったいないと思ったからお願いしただけ」

サラ嬢はふい、と顔を横に向けて窓の外を見る。これは、まさか照れているのだろうか。

「ふはっ……なんというか、サラ嬢は素直じゃないんだな」

思わず漏れた笑い声に気を悪くしたのか、彼女の眉間のシワがぐっと深くなった。それから諦めたように小さく息を吐く。

「……あれだけすればもう近付いてこないと思ってたのに。貴方って変わった人ね」

そう言って、サラ嬢は薄く微笑んだ。それは俺が初めて見た彼女の笑顔だった。なんだ、普通に笑えるんじゃないか。その笑顔を見て、なぜかくすぐったい気持ちになった。

第二章　神よ、あなたを恨みます

朝起きたら糸が見えなくなってました、なんていう都合の良いことはいつまで経っても起きず、今日も小指から伸びる赤い糸は健在だ。

短くなった俺の糸もだらりと力なく垂れ下がったままである。この無意味な行動を何度繰り返しているだろう。はぁ、と深く息を吐き出して、俺は朝のトレーニングへと向かった。


「今日の訓練はこれまで！」

「ありがとうございました!!」

騎士科の授業はキツい。

朝から晩まで剣を振るい、己の精神を鍛えるため、限界まで動き続ける。うちの学園の騎士科には週二回、騎士団から現役の騎士が数名派遣され、俺たち候補生を鍛えてくださっている。授業の成績と彼らの評価、そして試験の結果をもとに、卒業後の配属先が決まるというなかなか効率の良いシステムだ。もちろん座学もあるが、やはりメインは身体を鍛えることだろう。

「アル、お疲れ。今ちょっといいか？」

汗だくになった顔をタオルでごしごしと拭いていると、騎士科の特別講師、現役の第二騎士団第三隊長であるスコット・レガリオ隊長に声をかけられた。

「はっ！　なんでしょうか」

「今度の王都の巡回《パトロール》だが、お前とトムと組むことに決まった」

王都の巡回とは、犯罪の抑止や治安維持などを目的に、騎士団の団員が定期的に街を見回る仕事だ。主に第二騎士団が中心となり、その巡回には俺たち騎士候補生も参加している。俺も数回参加したことがあるが、大きな事件に遭遇したことはまだない。

「詳細は追って連絡するが、準備しておいてくれ」

「了解しました！」

「巡回は街の安全を守る騎士団の大事な仕事だからな。しっかり取り組むように」

「はっ！」

俺が敬礼すると、隊長は軽く笑みを浮かべた。ポンと俺の肩を叩いて静かに立ち去っていく。

うん、相変わらずクールでカッコいい。

レガリオ隊長は二十五歳という若さで隊長まで上り詰めた実力者だ。剣の腕も確かながら、市民の安全にも気を配る、強くて優しい俺の憧れの騎士である。

そんなレガリオ隊長の小指には一本の赤い糸が結ばれていた。蝶結びでしっかりと結ばれていることから、おそらく想い合っている女性との糸なんだろう。婚約者がいると聞いたことはないが……隠しているのだろうか？　それとも何かわけアリか？　そんなことを考えながら大きな背を見送っていると、隊長がふと校舎の方に視線を向けた。つられて俺もそちらに目をやる。

隊長の視線の先には、一人の美しい女性がいた。

ガラス張りの窓からは、廊下で生徒と話をしているエマ・スロー先生の姿が見える。エマ先生は淑女科で音楽を担当しているこの学園の教師だ。そして驚いたことに、隊長の小指とエマ先生の小指から伸びた糸が、綺麗な一本の糸となって結ばれている。

ええと……つまりこれはあれか？　隊長の婚約者はエマ先生で、何か理由があって公にはまだ発表してないということか？　まぁ、婚約者が同じ学園にいると知られれば色々面倒なこともあるのだろう。隊長も先生も、学園では人気が高いし。……うわぁ。これ、知ったらショックを受ける生徒とか多いんじゃないか？

しばらくエマ先生の様子を見ていた隊長はふと優しげな笑みを浮かべると、何事もなかったかのように歩き出した。しかし、その足取りは先ほどより軽く感じる。……隊長もあんな風に浮かれたりするのか。よほど先生に惚れてるんだなぁ。

……別に羨ましくなんてないぞ。断じてない。俺は相変わらず短いままの赤い糸を見つめて溜息をこぼした。


その翌日のことだ。

「おはようございます、アレックス様」

ああ、ついにこの日が来てしまったか。耳に入ってきた可愛らしい声に、喜びと不安が交互に押し寄せる。先日までの俺だったら朝から会えるなんて今日はなんて良い日だろう！　と間違いなく浮かれていたのだろうけれど、今は手放しで喜べないのがツライ。

「……おはよう、マリア嬢」

マリア・ルーファン子爵令嬢。美しく輝くプラチナブロンドの髪に柔らかく垂れ下がった目が特徴的な、可愛らしいご令嬢。騎士科の公開訓練の見学に毎回訪れる女子生徒の一人で、生徒たちからの人気も高い。こないだサラ嬢には否定していたが、俺の切られた赤い糸は間違いなく目の前の彼女に伸びていたんだろうなぁと、彼女の笑顔を見て改めてそう思った。

運命の赤い糸が見えるという特異体質になったせいで不本意ながら人様の恋愛事情にずいぶんと詳しくなってしまった俺だが、実はまだマリア嬢の小指の糸は見たことがなかった。無意識のうちに会わないようにしていたのかもしれない。俺は彼女から伸びる赤い糸を、ましてやその先にいる人物を知るのが怖いのだ。

挨拶を交わした俺は急いで下を向く。彼女の赤い糸をなるべく見ないための最後の悪足掻きである。

「……アレックス様？」

俺の不審な態度にマリア嬢は不思議そうな声を出す。仕方ない。俺は覚悟を決めて顔を上げた。

「………あ」

俺の覚悟はあっという間に崩れ落ちた。

見たくもないのに見えてしまった、マリア嬢から伸びる赤い糸。

その糸が俺に伸びていなかったということは言うまでもないだろう。唯一の救いは糸の先の相手が分からなかったことだろうか。

ああ、さよなら俺の恋心。神よ、あなたを恨みます。

一気に落ち込んだ様子の俺に、マリア嬢は戸惑ったように声をかけた。

「アレックス様、お疲れですか？」

「あ、ああ。最近少し訓練がキツくて。騎士としては情けないんだが……」

眉尻を下げて心配そうな顔をするマリア嬢に、俺は弱々しい笑顔を浮かべ適当に誤魔化した。

「まぁ。あまり無理してはいけませんよ」

「ははっ、面目ない。もうすぐ巡回もあるし、体調を整えておくよ」

そう言うと、マリア嬢はパッと顔を輝かせる。

「巡回はいつからですの？」

「まだ決まってはいないが、来週以降になると思う」

「付き添いはレガリオ隊長様ですか？」

「ああ、たぶん」

「そうなんですね。気を付けて行ってらっしゃいませ」

「……ありがとう」

ふんわりと笑ったマリア嬢は相変わらず可愛らしかった。この、目の前で俺以外の奴に向かって伸びている憎き赤い糸さえなければもっと純粋に喜べたのに。ああ……泣きたい。


昼休みになると、俺の足は自然と第二図書室の方へと向かっていた。誰でもいい。今の気持ちを聞いてほしかった。

……いや、やっぱり誰でも良くはないな。静かに話を聞いてくれて、内容を他人に口外しない信頼のおける人物が良い。そうなると……当てはまる人物は一人しかいない。

ドアを乱暴に開けて飛び込むように図書室に入ると、カウンター席には案の定本を読んでいるサラ嬢の姿があった。俺が来たことに対するリアクションは薄い。本に視線を向けたまま「図書室ではお静かに」と、ただ一言告げられた。俺はむっとしながら反撃とばかりに言った。

「そっちこそ。図書室内での飲食は禁止されてるんじゃないか？」

「誰もいないから別にいいのよ。それに、本が汚れないようにきちんと対策してるし」

本にかけられた透明なブックカバーを俺に向かって見せると、サラ嬢はサシェラお手製のバタークッキーを一口かじった。

「ああ、それは失礼」

カウンターに一番近い席に腰を下ろすと、自然と溜息がこぼれる。ちなみに、サラ嬢が食べているのは先日のお詫びとして俺が買ってきたクッキーである。

いつも昼休みはがやがやとうるさいはずなのに、ここはシンと静まり返っていた。まるでこの空間だけ切り離されているみたいだ。行儀が悪いが、俺は体勢を崩して机に顔を伏せる。

ペラリ。サラ嬢が本のページを捲る音が小さく響く。

「……なぁ」

机に顔を伏せた状態で力なく呟いてみるも、返事のひとつもない。おそらくサラ嬢は読書に夢中で俺のことなんか見向きもしていないんだろう。あるいはただの無視《スルー》。いずれにせよ、眉間にシワを寄せながら活字を追い続ける姿が容易に想像出来てしまう。返事がなくても、いや、この際独り言として聞き流してくれてもいい。俺は構わず続けた。

「好きな人の糸が自分じゃない人に向かって伸びてるのって、見たことあるか？」

「は？」

さすがのサラ嬢も、この一言には反応を示した。それからすぐに「……ああ」と理解したように言った。

「もしかして、マリア様の赤い糸でも見たの？」

「なっ⁉」

机にぐったりと貼り付いていた体が驚いた拍子に勢い良く飛び上がる。

「な、な、な、なんでマリア嬢って‼」

前に聞かれた時は好きな人がいることすらハッキリ言わなかったのに‼　なぜ相手の名前まで知られているんだ⁉　動揺を隠しきれず狼狽える俺を嘲笑うかのように彼女は言った。

「知りたくなくても他人の恋愛事情なんて嫌でも分かっちゃうのよ。それは貴方だって同じでしょ？」

「うっ……」

へなへなと力が抜け、あっという間に体は机に逆戻りだ。クソ。この糸さえ見えなければ俺だってもう少し希望が持てたかもしれないのに！

「なるほどねぇ。マリア様と貴方の糸は繋がってなかった。つまり、失恋して落ち込んでるってことね」

「少しは気を遣って物を言ってくれ！」

「あら。そんな風に逃げてたっていつかは分かることでしょ。どうせ結果は変わらない。知るタイミングが早かったか遅かったか、それだけの違いじゃない」

……まったくもってその通りである。

「も、元はと言えば君が糸を切ったから……そうだ！　君があの時俺の糸を切っていなければまだチャンスは残ってたかもしれないじゃないか！」

「あら、失恋は私のせいだっていうの？　言っておくけどあの糸はマリア様から貴方に向かって伸びていたわけじゃないし、結ばれてたわけでもない。つまり、貴方の一方通行、片想い。私に責任を押し付けるなんてお門違いも甚だしいわ」

強烈な正論パンチを連続で食らってしまってはぐうの音も出ない。大きく付いた傷は塞がるどころか広がっていく。

「ま、何も知らず相手の言動に一喜一憂してる滑稽な姿を公然と晒し続けるよりは良かったんじゃないの？　失恋っていう結果が早くに分かって」

おお……広がった傷口を抉られたうえに塩を擦り込まれた気分である。俺は深い深い溜息を吐き出した。

「……あーあ。こうなったら俺とマリア嬢の糸を無理やり結ぶしか手はないのかねぇ」

不貞腐れたようにぽつりと呟く。

「そんなこと冗談でも言わないで」

「……え？」

自暴自棄になって言った何気ない一言に冷たい声が飛んでくる。

今まで聞いたことのないその声色に思わずそちらを見やると、サラ嬢は本から顔を上げて真っ直ぐ俺を見ていた。

「気持ちの繋がらない者を結んだってどうにもならない。たとえ結んだとしてもそれはただの赤い糸。運命の赤い糸にはなりえないわ」

ふ、と息をついて顔を逸らす。

「待っているのはさらに悲しい結末よ」

その横顔はどこか寂しそうだった。後悔や虚しさという負の感情を感じさせる表情だ。

「……悪い。少し、軽率な発言だった」

いつもと雰囲気の違う彼女の様子に戸惑いながらも、俺は謝罪の言葉を口にした。

「…………あるわよ」

「え？」

「好きな人の赤い糸。見たことあるわよ」

寂しそうな表情のまま脈絡なく降ってきたのは、さっきの質問の答えだった。……普通このタイミングで言うか？　彼女の思考は本当によく分からない。

「………あ、そう……か」

しかし、その答えにひどく動揺している自分に戸惑いを隠せなかった。おかげでマリア嬢の件なんて一瞬で頭から抜け落ちてしまった。胸の奥がやけにざわついて落ち着かない。

「サラ嬢にも好きな人なんていたんだな。驚いたよ」

「殴るわよ」

「申し訳なかった。謝罪するからとりあえずその振り上げた分厚い本を下ろしてくれ」

動揺を誤魔化すように軽口を叩けば、俺も彼女もいつもの調子を取り戻したようだった。

目を伏せ、再び活字を追い出した彼女の横顔を盗み見る。……サラ嬢の好きになった男、か。

いったいどんな奴なんだろう。皆目見当も付かない。

なぜか、胸のざわめきがさっきより激しくなった気がする。

はぁ。次の授業のため図書室を出た私の口からは、自然と溜息がこぼれ落ちた。だって、最近は予想外の出来事が多すぎる。

その筆頭が騎士科の彼――アレックス・ヒューバートの存在だ。

私にしか見えない運命の赤い糸。それがまさか彼にも見えているなんて……どう考えても信じられない。だって、これはクローリア家の宿命だというのに。本当、何がどうなっているのかしら。前代未聞のこの状況には、さすがの私も戸惑ってしまう。

そんなことを考えながら再び溜息をつくと、「やめてください！」という女子生徒の声が聞こえて立ち止まった。

中庭に続く渡り廊下で向かい合っているのは、先日私が糸を切ったダニエル・エレミー伯爵令息とソフィア・トール男爵令嬢だった。私が糸を切った影響を受け、二人は確か婚約破棄をしたはずだけど……何かあったのだろうか。二人は何やら言い争い……というより、ダニエル・エレミーが一方的にソフィア様に縋っているように見える。

「ソフィア、今まですまなかった！　でも、あれは全部ただの遊びだったんだ！　君と結婚したらやめるつもりだったんだよ！」

「……私たちの婚約は既に破棄されております。いまさらそんなことを言われても困りますわ」

「で、でも、まだ書類は受理されていないだろう⁉　やり直せるチャンスはあるはずだ！」

確か彼はここ二週間ほど自宅謹慎で学園を休んでいたはずだ。なんでも、彼の今までの所業と婚約破棄の件で父親のエレミー伯爵が怒り狂い、廃嫡《はいちゃく》の危機だそうで。

「君とやり直せば父もきっと考えを改めてくれる！　なぁ、頼むよソフィア。君は俺が好きだっただろう？」

彼女の好意に付け込むような不愉快な言い分に思わず眉をひそめる。……まったく。彼女と復縁すれば全て解決するとでも思っているのかしら。これだけ世間からの信用と家の評判を下げておいて？　だとしたら相当のアホだわ、彼。さっさと廃嫡した方がエレミー家のためになるんじゃないかしら。

チラリと視線を向けると、彼の指には切れたものやボロボロになった赤い糸の残骸が数本絡まっていた。おそらく、今回の騒動で浮気相手たちも彼のもとを離れていったのだろう。ずいぶんと安っぽい愛だこと。

はぁ……これも勝手に糸を切った代償なのかしら。揉めているのは自分が原因なので無視するわけにもいかず、私は二人のもとにゆっくりと近付く。小さく息を吸い込み、重い口を開いた。

「ダニエル・エレミー伯爵令息。みっともない真似はやめたら？　ハッキリ言って見苦しいわ」

その声に、二人は驚いたように振り返る。私の姿を確認すると、ソフィア様は安堵の表情を浮かべ、ダニエル・エレミーはあからさまに顔を顰めた。そのままチッと舌打ちをした。

……あらまぁ。彼は本当に性格が悪い。礼儀作法もなっていないし。だから一部から〝顔だけ男〟なんて呼ばれてるのよ。

「うるさいな。部外者は黙っていてくれ。サラ・クローリア嬢」

彼は不機嫌そうな態度を隠そうともせず、眉間に深くシワを刻んだ。

「あら。私、部外者じゃないわよ？」

「なに……？」

私は相手を嘲笑うかのようにニヤリと口角を上げた。まるで悪役の微笑みだ。

「貴方だって、私の噂は知っているでしょう？」

「っ！　ま、まさか！」

ダニエル・エレミーの顔が青ざめる。

「この婚約破棄はお前が原因なのか⁉」

「さぁ、どうかしら？」

破局の魔女。この学園で私の噂を知らない者はいないだろう。人を避けるのにちょうどいいと思って放置してた噂だけど、あの噂がまさかこういう形で役に立つとは思わなかったわ。わざとらしく含みを持たせた言い方に、ダニエル・エレミーはカッと目を見開いた。

「っ！　おかしいと思ったんだよ！　俺に夢中だったソフィアがこんなにあっさり婚約破棄するなんて……！　そうか……お前のせいで……！」

ダニエル・エレミーは血走った目でこちらを睨み付けると、怒りをぶつけるように叫んだ。

「どうしてくれる!!　お前のせいで俺の将来は真っ暗だ!!　責任を取れ!!」

「それは彼女を大事にしなかった貴方の自業自得でしょう？」

「な、なんだと!?」

「まったく。人のせいにするなんてどこまで愚かなのかしら」

「愚っ!?　言わせておけば勝手なことを……！」

「貴方、さっさと廃嫡された方がいいんじゃない？」

「なんだと!?　このっ！　破局の魔女め!!」

真っ赤な顔をしたダニエル・エレミーが高く手を振り上げる。……あら、少し煽りすぎちゃったかしら？　私はとっさに目を瞑った。

「アル！　アル！　大変だ!!」

言葉と同時に、トムが血相を変えて教室に飛び込んできた。

「そんなに慌ててどうしたんだ？」

いつもふざけた態度のトムがこんなに慌てているなんて、よほどのことがあったのだろう。

「そ、それが！　サラ嬢とソフィア嬢がダニエルの野郎とトラブルになってるらしい！」

「なんだって!?」

俺は驚きのあまり立ち上がる。トラブルなんて、いったい何があったんだ!?

「今、ソフィア嬢の友人が先生に必死に訴えてて！　俺、ちょうどその話をしてる時に廊下を通って偶然聞いたんだ！　なんでも、ダニエルが嫌がるソフィア嬢を中庭まで連れ出したらしくて。心配した友人がこっそり後をつけると、二人が言い争いになったらしいんだ。先生を呼ぼうか迷ってたら、そこにサラ嬢が現れてダニエルとトラブルに……っておい!?　アル!?」

話の途中だったが、気付けば中庭に向かって走り出していた。サラ嬢がトラブル？　ダニエルと？　いや、あの性格ならトラブルの数件くらい起こしていてもおかしくはないのかもしれないが……自分から関わるなんて珍しい。

それにしても妙な組み合わせでのトラブルだ。もしかしてこないだ糸を切ったことが関係してるのか？　まさかダニエルの逆恨みとか？　ああ、クソッ！　いったい何がどうなってるんだよ⁉

必死に走ってようやく見えてきた人影に、ハッと息を呑む。サラ嬢に向かって右手を高く上げ、今にも殴りかかりそうなダニエルの姿が目に入ったからだ。

「やめ――――！」


パン‼


俺が言葉を発するより先に、乾いた音が響き渡る。数秒、時が止まったような錯覚を覚えた。

「いい加減にしてください。貴方と婚約破棄したのは私の目が覚めただけです。サラ様は関係ありません」

水を打ったような静かな廊下に、ソフィア嬢の声がやけに大きく響く。腫れて赤くなった自身の左頬に手を当て、ただ呆然と立ち尽くしているのはダニエル・エレミー伯爵令息だった。彼はたった今起こったこと――ソフィア嬢に叩かれたということが信じられないらしい。

いや、実を言うと俺も驚きを隠せない。あの大人しいソフィア嬢がダニエルに向かって平手打ちをするなんて……。

「確かに過去の私は貴方を慕っておりました。貴方に振り向いてもらおうと色々と努力もしたつもりです。ですが、結局貴方は一瞬たりともこっちを見てくださらなかった。それどころか、何度言っても浮気を繰り返す貴方にほとほと愛想が尽きたのです。彼女たちとは遊び？　結婚したらやめるつもりだった？　そんな口先だけの言葉、信じられるわけがないでしょう？　貴方は私のことをなんとも思っていないのですから、どうせすぐ浮気するに決まっています」

ダニエルは呆然としたまま、彼女の話を聞いている。

「私はね、エレミー伯爵令息様。たとえ政略結婚で相思相愛とはいかなくても、せめて信頼関係を築ける相手と結婚したいのです。大体、今の私は貴方のことをなんとも思っていません。ですから、復縁なんて絶対にありえません。……ダニエル・エレミー伯爵令息様、いいですか？」

ソフィア嬢は、おそらく今までで一番良い笑顔を浮かべながら言った。

「私がいつまでも貴方のことを好きだなんて思わないでください」

ソフィア嬢がそうハッキリ告げると「そこで何をしている！」という教師の低い声が響いた。おそらく、ソフィア嬢の友人が呼んだという教師だろう。いや、来るのが遅すぎる。

「そちらのエレミー伯爵令息からしつこく復縁を迫られていたところ、サラ様が助けに入ってくださいました。危害を加えられそうだったので抵抗しました。正当防衛ですわ」

ソフィア嬢が淡々と説明すると教師は三人の様子を見て納得したように頷いた。

「ダニエル・エレミー！　君には話を聞く必要がありそうだ。一緒に指導室に来てもらおう」

叩かれたことがよほどショックだったのか、それともこっぴどくフラれたことがショックだったのか……ダニエルは大人しく教師に連れて行かれた。この騒ぎはとりあえず落ち着いたと見ていいだろう。俺はほっと安堵の息を吐く。


「……ヒューバート様？」


しまった。バッチリと目が合ってしまった。俺に気付いたサラ嬢がこちらを見て怪訝そうに首を傾げる。

「どうして貴方がここにいるの？」

「あー、いや。二人がダニエルとトラブルになってるって聞いて来てみたんだが……解決したようだな」

「ええ。ご覧の通り」

気まずげに二人に近付くと、ソフィア嬢が申し訳なさそうに頭を下げた。

「サラ様、助けていただき本当にありがとうございました。そして、巻き込んでしまって申し訳ございません」

「別にいいわ」

「今度何か、改めてお礼をさせてくださいませ！」

「いらないわ。私は別に貴女を助けようとしたわけじゃないもの」

サラ嬢はいつものようにツンと澄まして答えた。う～ん。……彼女はなぜこんな言い方しか出来ないのだろうか。こんな態度じゃ誤解を受けて当然だ。俺はすかさずフォローを入れる。

「それじゃあ、今度お茶にでも誘ってやってくれ。彼女、こう見えて甘いものが好きなんだ」

「は？」

「まぁ！　では私が好きなお店のベリーパイをご用意しておきますわ！　酸味と甘みのバランスがとっても絶妙で、ぜひサラ様に食べていただきたいです」

「ち、ちょっと！　二人とも何を勝手に……！」

「ふふっ。私、実は前からサラ様とゆっくりお話ししてみたかったんです。でも、話しかけるタイミングが掴めなくって。この点だけは元婚約者に感謝ですわね」

ソフィア嬢は微笑むと「では、私は右手を冷やしに医務室に行ってきますわ！」と冗談っぽく言って去っていった。

ダニエルへの平手打ちといい、別れ際のトドメの一言といい、今日のソフィア嬢は惚れ惚れするほどカッコ良かった。小さな背中が逞しく見える。

彼女の姿が見えなくなると、サラ嬢は不満げに俺を睨み付けてきた。うん、言いたいことは分かっているので先に口を開く。

「良かったじゃないか」

「良くないわよ。貴方ねぇ、何を勝手に約束してるの？」

「まぁまぁそう怒るなって。友人を作るチャンスだぞ？」

「私は友達なんていらないわ。大体、この騒ぎは私が糸を切ったから起こったことなのよ？　私は彼女に恨まれはしても、感謝される理由はないわ」

「……だから仲裁に入ったのか？」

自分が切った糸が原因で、二人が揉めていたから。

「……違うわ。ああいう自分勝手な男が嫌いなだけ」

サラ嬢は視線を逸らした。これはおそらく、本心を誤魔化したいのだろう。彼女はなぜこんなにも捻くれているのだろうか。俺は内心で溜息をついた。

「それより、サラ嬢は本当に大丈夫なのか？」

「私？」

「アイツに殴られそうになってただろ？」

あの場面を見た時、ザッと血の気が引いた。……本当に何事もなくて良かった。もしあのまま殴られていたらと思うとゾッとする。

「ああ、大丈夫よ。いざとなったら糸を掴んで転ばせようと思ってたから」

「えっ」

あの糸でそんなことも出来るのか。サラ嬢ならではの護身術、いや、必殺技だな。

「……あまり無茶はしないでくれ」

「善処するわ」

まったく心のこもっていない返事に少しばかり不安が残るが、俺たちも各自の教室へ向かった。


「お前、なんだかんだ言って上手くやってるみたいだな」

ニヤニヤと相変わらず腹立たしい笑顔を浮かべながら、トムは言った。

「は？　なんのことだよ」

俺は昼食のオムライスをすくって口に入れた。シェフのベンさんが作る特製オムライスはふわトロ加減が絶妙でとても美味しいので、俺のお気に入りメニューのひとつである。もぐもぐと噛んでいくと、ふんわりとした甘さが口の中に広がった。

「何ってそりゃ、クローリア嬢のことに決まってるだろ！」

「サラ嬢？」

ごくりと飲み込んで暫く考え込むが、特に思い当たる節はない。「おお！　名前呼び！」なんて言いながら、トムの目尻がどんどん下がっていく。実に不快だ、不愉快だ。俺は二口目のオムライスを口に運ぶ。

「で？」

「は？」

「クローリア嬢とはいつから付き合ってるんだ？」

「ぶふっ！」

「うわっ!!」

俺は口から噛み砕かれた玉子を吹き出した。目の前のトムは汚ねぇな！　と大騒ぎである。いや、お前がバカみたいな質問をするからだろう。自業自得だ。

トムは制服に飛び散った玉子の欠片を拭きながら「それで？　いつからだ？」と質問を続ける。まるでハイエナのような根性だ。

「付き合ってない」

「いやいや嘘ついてもすぐバレるって。何？　それとももう婚約したとか？」

「嘘なんかついてないし婚約した事実もない。全部お前の勘違いだ」

「またまたぁ！　こないだダニエルの騒ぎが起きた時だって血相変えて走って行っただろうが！」

いや、知り合いがトラブルに巻き込まれたなんて聞いたら助けに行くだろ、普通。騎士候補生だし。

「それに、最近一緒にいることが多いじゃないか。放課後の図書室で密会してるんだろ？　俺のアドバイスのおかげだな！　な！　あ、お礼の品なら年中無休で受け付けてるからな！　いつでも持ってきていいぞ！」

……この男のテンションはうざすぎる。誰かここからつまみ出してくれないものか。

「言っておくが、俺だけじゃなくてみんなもそう思ってるぞ。噂になってる」

「は、はぁ⁉」

「当たり前だろ！　相手はあの破局の魔女《サラ・クローリア嬢》だぞ⁉　孤高を貫き誰からの告白もバッサリ切り捨て他人の恋を破局へと導く神秘的な美少女‼　そんな彼女が自分のテリトリーである第二図書室への出入りを許可してるっていうんだから、お前が特別な存在だと思われたって仕方ないだろ？」

衝撃の事実だ。まさか周りからはそんな風に見えてるのか……？　まぁ、確かに最近俺が図書室に通っているのは本当のことだし、サラ嬢とも普通に話せるようになってきてはいるが……。

「それに、もう既に名前で呼んでるみたいだし？」

「いや、それは彼女が家名で呼ばれるのが嫌だって言うから……」

「お前、どうやってあの難攻不落のクローリア嬢を攻略したんだ？　下心見え見えの似非紳士のくせに！」

いや、下心丸見えのお前には言われたくない。俺はトムを無視して食事を再開した。

先ほども言ったが、確かに最近サラ嬢と一緒に図書室で過ごすことが多くなった。もちろん下心なんかは持っていない。

……と、いうのも、学園内はたくさんの人がいるためどこもかしこも赤い糸でいっぱいなのだ。張り巡らされた糸の先、知りたくもない他人の恋路を見続けるのは精神的にかなり疲れるのである。その現状から脱け出すのに、第二図書室はまさに絶好の場所だ。

だって、中にいるのはたいていサラ嬢ただ一人。

相手も俺と同じ境遇なのだから変に気を遣ったりする必要はない。最初の頃こそ俺を見ると眉を寄せていたサラ嬢だったが、今は諦めたのか何も言ってこなくなった。第二図書室は今や俺にとってなくてはならないシェルターのような存在なのである。そこに他意は……ない。

「なぁ、今日も図書室に行くのか？」

………しつこい。そんなに人の恋路が気になるならお前の恋路もこの場で全部暴露してやろうか。トムからソフィア嬢に向かって一方的に伸びている赤い糸を睨み付ける。

「サラ様とアレックス様は付き合ってらっしゃるんですか？」

突然聞こえてきた小鳥のような可愛らしい声に、俺は自分でも驚くほど素早く反応を示した。そこに立っていたのは言わずもがなマリア嬢である。今日も変わらず可愛らしい。しかし、その笑顔は傷心中の俺には毒だ。いや……俺の心の傷はさておき、今マリア嬢の口から聞き捨てならない台詞が聞こえた気がする。明らかにそちらの方が問題だ。

「ごめんなさい。トーマス様との会話が聞こえてしまって……」

頬を赤らめ照れた様子は非常に可愛らしい。その姿をもう少し見ていたいが、今は誤解を解く方が先決だ。

「いや、付き合ってない」

「では婚約を？」

トムの言う通り、俺とサラ嬢の噂はかなり広まっているらしい。なぜこんな誤解を生んでいるのだろう。

「サラ嬢とは付き合ってないし婚約もしてない。もしそういう噂が流れているならそれは嘘だ」

「そうでしたの……」

キッパリと否定すると、マリア嬢はしゅんと落ち込んだ様子を見せる。

「お似合いのお二人だと思ったんですけど……残念ですわ」

「……ははははは」

自分が完全にマリア嬢の恋愛対象外だと悟った俺は乾いた笑い声を上げることしか出来なかった。俺の脆くて繊細なハートはズタボロである。

こんなに噂が広まっているということは当然彼女の耳にも入っていることだろう。不機嫌そうに歪んだ綺麗な顔が目に浮かぶ。なんだか今日は図書室に行きづらくなってしまった。

「では、真実ではない噂を信じてしまったお詫びにこれを」

マリア嬢は申し訳なさそうに言って、持っていた鞄からピンク色のリボンが付いた袋を俺に差し出した。

「今大人気のサシェラっていうお菓子屋さんのマカロンです。とっても美味しいので、ぜひ食べてみてくださいね」

サシェラといえば……サラ嬢もお気に入りのお菓子屋だ。俺は淡いピンクや水色で囲まれたファンシーな造りのお店を思い出す。あの時は女性ばかりの列に一人並んでクッキーを買ったのだ。予想以上の居心地の悪さだったが……うん。よくやった自分。

「ありがたくいただくよ」

お礼を言うと、マリア嬢はにっこりと優しげな笑顔を見せた。

行きづらいとは思いつつ、俺はもはや日課となっている第二図書室へと続く廊下を歩いていた。

「開館中」というプレートが申し訳程度にかけられたドアノブをゆっくり押して、中に入る。

「……失礼する」

サラ嬢はチラリとこちらを一瞥すると何も言わず本に視線を戻した。俺は定位置になったテーブル席を通り過ぎ、真っ直ぐカウンターに向かう。

「こないだの騒ぎは大変だったな」

「まぁね。でも、もっと大変なのは彼の方でしょうね。停学処分になったみたいだし、もう表舞台には立てないんじゃない？」

あの後、ダニエルには学園から停学処分が下された。停学と言っても、期間終了後の学園への復帰はおそらく難しいだろう。今回の件は社交界にも広まっているらしく、問題を起こした息子への対応を間違えれば伯爵家の事業にも影響が出るからだ。ただでさえ不貞による婚約破棄というダメージがあったのに、今度はこの騒ぎだ。エレミー家でもこれ以上の醜聞は避けたいのだろう。おそらく後継は次男に変更され、本人は領地に幽閉されるに違いない。

「まぁ、サラ嬢もソフィア男爵令嬢も無事で良かったよ」

言いながら、俺は右手に持っていたラッピングの袋をカウンターに置いた。

「何よこれ。……サシェラの袋？」

「……やる」

サラ嬢は不思議そうな顔で見上げる。

「クッキーならもう貰ったけど？」

「これはあれとは別のお詫びだ」

「……お詫び？　なんの？」

「変な噂が出回っているのだろう？　俺は今まで気が付かなかったが……」

「噂？」

俺はここで、少しばかり言い出すのを躊躇った。サラ嬢は大人しく俺の言葉を待っているので、観念して告げる。

「……俺と君が付き合っているとか婚約しているとか、そういう噂話だよ」

「ああ、あれね」

彼女は興味がないと言わんばかりに背もたれに体重を預けた。この様子からするとあの噂はやはり彼女の耳にも入っていたようだ。

「別に気にしてないわ。あんなの言いたい人には言わせておけばいいのよ。どうせそのうち消えるでしょ」

あまり、というかまったく気にしていないことにほっと胸を撫で下ろすも、それはそれで少し悲しいものがあった。そう思うのは俺の我儘《わがまま》だろうか。

「私より貴方の方が迷惑してるんじゃない？」

「え、俺？」

「だって、愛しのマリア様に誤解されたら困るでしょ？」

一瞬ぽかんとしてしまった俺を怪訝そうに見やる。だってまさか彼女にそんな心配をされるとは思ってもみなかった。青天の霹靂《へきれき》である。

「……それは先ほど解いてきたから大丈夫だと思う」

「そう」

サラ嬢はカウンターに置かれた包みを手に取った。

「あら、これ期間限定のフルーツマカロンじゃない」

心なしか声が弾んで聞こえる。やはりサラ嬢も期間限定という言葉に弱いのだろうか。

「これどうしたの？　まさかまた女性だらけの中に並んだんじゃないでしょうね？」

クスリと笑ったサラ嬢に対し何も言えなくなる。

「あーっと、これはマリア嬢から貰ったんだ」

「……マリア様から？」

「ああ。さっき食堂で会った時、俺たちの噂話について聞かれて。噂を否定したら、根も葉もない噂を信じてしまったお詫びにって。それで、サシェラはサラ嬢が好きな店だろ？　そこのお菓子だったから、君にあげようと思って」

「……そう」

サラ嬢は手に持っていた袋をカウンターに戻す。そしてぽつりと一言。

「これ、悪いけどいらないわ」

「……は？」

いつもより深めに刻まれた眉間のシワが、彼女の不機嫌さを物語っているようだった。

「気持ちだけいただいておく。……ああ、そうね。一応お礼は言っておくわ」

いや、どう見てもお礼を言っている人間の態度ではない。読んでいた本をさっさと鞄に仕舞い、カウンターから出てきた彼女は「部屋に戻るわ」と言ってさっさと図書室を出て行ってしまった。

ぽつんと置かれたラッピング袋を手に取り、首を傾げる。

…………サラ嬢は、なぜあんなに怒っていたのだろうか。


サラ嬢が怒った理由をもんもんと考えながら寮に向かって歩いていると、正門でその本人の姿を見つけた。先に戻ったんじゃなかったのか？　と不思議に思っていると、何やら様子がおかしいことに気が付き立ち止まる。

サラ嬢の他にもう一人、上質な生地のジャケットにロングスカートを着た女性がいたのである。

俺たちの親ぐらいの年齢だろうか。すらりと伸びた手足は細長くて、プラチナブロンドの髪がよく似合っている。そして美人だ。それもかなりの。

二人は向かい合って何やら話をしているようだったが、雰囲気がなんとなく穏やかではない。こちらに背を向けているためサラ嬢の表情は確認出来ないが、手はしっかりとスカートの裾を握り締めていた。相手の女性は必死な様子でサラ嬢に話をしている。

これは……………どうすればいいのだろう。

話している相手が不審な男だったら迷わず助けに入れるのだが、目の前にいるのは女性だ。しかも、学園に入れるということはあの女性は学園の関係者か生徒の親族なのだろう。下手に話に入っていくわけにはいくまい。

あれこれ考えている間にサラ嬢が女性の横を通り過ぎた。女性はその腕を掴んでサラ嬢の動きを止める。

「……っ！」

顔を上げたサラ嬢を見た瞬間、どういうわけか俺の体は勝手に動き出した。

「サラ・クローリア嬢！」

「………………ヒュー、バートさま？」

突然現れた俺を見るサラ嬢の目は大きく開かれた。いつもより強調された猫目が心なしか安心したように俺の姿を映している。

「やっと見つけた！　先生が至急職員室に来いとお呼びだ！　怒っている様子だったから急いだ方がいい！」

サラ嬢は戸惑ったように俺を見つめる。ロングスカートの女性はこの状況がまだよく飲み込めていないようで、目を白黒させていた。これはチャンスだ。通じるか分からないけれど、俺はサラ嬢に〝ここは話を適当に合わせてくれ〟という念を込めてアイコンタクトを送った。

そして俺は〝もう一人の女性にはたった今気付きました〟というような体《てい》を装って話を続けた。

「…………あ、申し訳ありません。何かお話し中でしたか？」

俺は眉尻を下げて申し訳なさそうな表情を作る。大根役者にしては上出来の演技だろう。というか、これ以上を求められては困る。これで精一杯なのだから。

「……別に何も話してないわ。行きましょう」

サラ嬢は俺の腕を掴んで足早に歩き出した。

「あっ、待って！　少しでいいから話を聞いて！　サラ！　お願いよ、サラ！」

去り際にチラリと見えた女性の顔は今にも泣き出しそうに歪んでいた。だが、斜め前を歩くサラ嬢本人は後ろを振り返ることは一度もなかった。

このまま寮に戻すのもなんとなく心配なので、中庭に寄ってとりあえずベンチに腰かけた。

門限間近の中庭というのは、ひっそりとしていて少し寂しい。なんとなく気まずい沈黙の中チラリと横目で隣の様子を窺うと、サラ嬢の顔色は悪く、少し落ち込んだ様子だった。

「大丈夫か？」

「……ええ」

サラ嬢は呟くように答える。

〝サラ！〟

あの女性は彼女を呼び捨てで呼んでいた。親しい間柄か、親族なのだろう。もしかしたら母親かもしれない。でも、それにしてはずいぶんと険悪なムードだった。

……あの女性について、今は聞ける状態じゃない。余計な口を挟めば常備している愛用のハサミが飛んでくるだろう。触らぬ神に祟りなし、いや、触らぬサラ嬢にハサミなしだ。

「アレックス・ヒューバート様」

サラ嬢は俺の名前を呼ぶと、軽く深呼吸をした。

「どうした？」

「……さっきはありがとう」

珍しく素直な態度のサラ嬢に面食らう。こんな言い方が失礼なのは百も承知だが、よほど参っているのだろうか？

「いや、たまたま通りかかっただけだ」

「それでも、来てくれて本当に助かったから」

ふぅ、と疲れたように息を吐いて、サラ嬢は静かに立ち上がる。

「今度こそ戻るわ。変なことに付き合わせちゃってごめんなさい」

「寮まで送ろう」

「大丈夫よ。お気遣いありがとう」

「しかし、」

「いい。一人で戻れるから」

強い口調で言いきったそれは、明らかな拒絶だった。サラ嬢はくるりと半回転して俺に背を向ける。

「じゃあね」

かける言葉も見つからず、俺は小さくなっていく背中を見送ることしか出来なかった。

……サラ・クローリア嬢。君はどうしてそんな苦しげな顔をしているんだ。君をこんな風にさせた彼女はいったい誰なんだよ。

残念ながら、俺はそんなことを聞ける立場ではない。

俺の悩みの種は日々成長を続けるばかりである。

正門での出来事から数日経ったが、サラ嬢の様子にこれと言った変化はなかった。放課後はいつも通り図書室で過ごし、時々持ち込み禁止のお菓子を食べ、時間になるとふらりと寮へ戻って行く。落ち込んだ様子も悩んでいる様子も見受けられない。むしろ、俺の方がサラ嬢の様子を気にして不審な行動を取っているかもしれない。

だけど、余計な詮索はしないつもりだ。言いたくないことを無理に聞くようなことはしたくない。本当は、サラ嬢の方から話してくれないかと願っているのだけれど。俺たちにそんな信頼はないのだから………仕方ない。

雨続きの晴れない曇り空のような心を抱えながら、俺は重い足を動かして街へ巡回に向かった。

今日は先日言われていた通り俺とトム、そしてレガリオ隊長の三人で街の巡回を行う日だ。普段の練習着とは違い騎士候補生が着る濃紺の騎士服に袖を通すと、自然と背筋がピンと伸びた。レガリオ隊長も金ボタンの光る黒い騎士服にロングブーツ、そして同じ色のマントを纏っていて、いつも以上に風格が漂っている。

城下の市場はたくさんの人で賑わっていた。人の数に比例して増える赤い糸は学園よりもさらに多く、複雑に伸びていた。どこを見ても赤い糸が見えるので気が滅入ってしまいそうだが、巡回はまだ始まったばかりだ。泣き言は言っていられない。

「騎士様だ！」

「キャー！　騎士様カッコいいー！」

すれ違う女性の黄色い歓声と子どもたちの憧れの眼差しを浴びながら、隊長は慣れたように手を振った。

「騎士様！　いつも見回りご苦労様です！　これ、先日助けていただいたお礼に！」

「ありがとう。あれから変わりはないか？」

「はい！」

「何かあったらすぐに言ってくれ」

「ありがとうございます！」

王族や貴族を護る第一騎士団や有事の際即戦力となる武闘派が揃った第三騎士団とは違い、街の安全と不正・犯罪の取り締まりを行う第二騎士団は比較的庶民との距離が近い。第二騎士団が国民の中で一番人気が高いのも、おそらくその影響なのだろう。

「見ろよあれ！　あの黄色い声援！　やっぱ騎士はモテるなぁ！　よし決めた。俺、絶対騎士になる。騎士になって出世して女子にモテまくる人生を目指す!!」

騎士候補生の制服効果で普段より少しだけカッコ良く見えるが、中身はやはりトムだった。相変わらず下心丸出しの男に軽蔑の眼差しを向ける。いくら騎士になったからってそれだけでモテるわけないだろう。そこに実力や誠実さがないと人は集まってこない。トムは上辺だけ褒められて嬉しいのか？　嬉しいのか。そうか。

レガリオ隊長を筆頭に買い物客で賑わう市場を抜け、商店街、教会、孤児院、繁華街、貴族も訪れる高級街などを次々に回っていく。裏通りや死角になっている場所は特に気を配って巡回する。犯罪発生の確率が高いからだ。

飲食店での金銭トラブルや路上での喧嘩などが数件ほどあり、俺もトムも仲裁に入ったりはしたが大きな事件には発展せず、巡回はおおむね順調だ。前は王都でも強盗や誘拐という事件が多発していたが、騎士団の巡回が始まってからは発生件数が減った。やはり抑止効果はあるのだろう。

流行りのカフェの前を通ると「お疲れ様です」という聞き慣れた可愛らしい声がして、俺たちは一斉に振り返った。

「……マリア嬢？」

そこには、レースの付いたボンネット帽をかぶりフリルをあしらったワンピースドレスを着たマリア嬢がいた。後ろには護衛らしき従者もいる。

「こちらのカフェでお茶を飲んでいたら皆さんの姿をお見かけしたのでご挨拶に伺いましたの」

そう言ってマリア嬢は頬を染めながら微笑んだ。その熱い視線はある一人に注がれている。

「君はまたそんな格好で……。誰かに狙われたらどうするんだい？」

レガリオ隊長が溜息混じりで言った。

「あら、今日は休日でしょう？　ですからちょっと息抜きに来たんです。もちろん学園には外出許可を取ってありますし、こうして護衛も連れていますからご心配にはおよびませんわ」

二人は以前から知り合いだったのだろうか。何やら親しげな様子だ。

……いや。いやいやそんなことよりも。俺はこれでもかと目と口を開いて彼女の小指を見つめていた。いや、正確に言えば彼女から伸びた赤い糸の先を、である。


——マリア嬢から伸びた赤い糸は、黒い騎士服をさらりと着こなす目の前のレガリオ隊長の小指へと絡み付いているからだ。

これはいったい……ま、まさか、彼女の想い人がレガリオ隊長だと!?　……そういえば今回の巡回の話もやたらと聞いてきたし、騎士科の公開訓練には毎回見学に……そうか。欠かさず見学に来ていたのは隊長を見るためだったのか！　生徒ではなく！

そう考えると全ての辻褄が合う。今日ここで会ったのもおそらく偶然ではない。俺から巡回の情報を聞いたマリア嬢が待ち伏せしていたんだろう。学園では隊長と話す機会がほとんどないから。正解のピースはそこら中に散りばめられていたのだ。なのに、俺はそれをものの見事に見落としていた。

開いた口と目がまったく塞がらない俺はさぞかし間抜けな顔面を晒しているだろうが、気にしている余裕はまったくなかった。隊長とマリア嬢が何か話をしているが、俺の頭にはひとつも入ってこない。

——正直、そこからどうやって巡回を終えどうやって学園に戻りどうやって寮に帰ってきたのか記憶がない。気付けば俺は、すっかり行きつけとなった第二図書室のテーブル席に座っていた。

机に顔を突っ伏し、抜け殻のように薄暗い室内をただただ眺める。

「……ねぇ、ここで落ち込むのやめてくれない？　迷惑なんだけど」

「いいだろ……どうせ誰も来ないいんだから」

むくりと起き上がると、眉間にシワを寄せた赤い瞳と目が合った。

「君こそ。まさか休日まで図書室にいるとは思わなかった」

「ちゃんと学園側も知ってるからご心配なく」

サラ嬢はそう言ってカウンターに読み終わった本を置いた。こんな時間まで読書とは。彼女はよほど本が好きらしい。それに、休日ぐらい寮に戻ってゆっくり読めばいいのに。変わった令嬢だ。

「……図書室の雰囲気が好きなの。文句ある？」

「い、いや。特にないが」

俺の心を読んだかのような指摘に狼狽えながら答えた。

「貴方、今日騎士団の隊長と同じ騎士科の生徒と街の巡回だったんでしょう？」

「……ああ」

「もしかして、そこでマリア様に会った？」

「なっ！」

なぜいつもサラ嬢にはこちらの事情が筒抜けなのだろう。赤い糸を見る力だけではなく、何か他の力も持っているのかと疑いたくなってしまう。

「たまたま彼女が街に出かける姿を見ただけ。あの気合いの入り方で目的はすぐに分かったわ」

顔に出ていたのか、はたまた心を読んだのか、サラ嬢は俺の疑問に的確な答えをくれた。

「見たんでしょう？」

「………………」

「マリア様の糸の先。貴方、だからそんなに落ち込んでいるんでしょう？」

返事の代わりに、俺の口からははぁ、という大きな溜息が溢れた。

「マリア様の糸の先は私も見たことがあるわ。もちろん、お相手の騎士様の糸の先も」

……そうだ。俺はレガリオ隊長の繫がった糸の先を知っている。その糸は二人の小指にしっかりと結ばれていて、とてもじゃないが解《ほど》けそうにない。お互いがお互いを想い合っている証拠だ。

大きな大きな溜息をひとつ吐き出すと、俺は再び机に突っ伏した。ゴン、という乾いた音と同時に額に硬い木の感触がしてじんじんと痛みが訪れる。

「このことを知ったら、マリア嬢は泣くだろうか」

「さぁ。泣くんじゃない？」

「……悲しむだろうな」

「そうね」

「……辛いだろうな」

「そうね」

全ての人の恋が成就するなんてことはありえない。そんなことは分かっている。分かってはいるが、とても苦しい。いつか彼女も現実を知る日が来るだろう。何せ隊長と先生は婚約しているのだ。今は隠していても、いずれ正式に発表されるだろうから。

「そんなに気になるなら、私が切ってあげましょうか？」

止まらない溜息を吐き出していると、上から声が降ってきた。

「……君が言うと冗談に聞こえない」

「あらまぁ。とびきりのジョークだったのに」

いや、真顔でそんなこと言われても。俺は見ることの少なくなった銀色のハサミを思い浮かべた。

本人は否定しているが、サラ嬢は好き勝手に糸を切っているわけではない。〝破局の魔女〟に別れさせられたと噂のあった恋人たちを数組調べてみると、みんな何かしらの問題を抱えた者ばかりだったのだ。無理やり結ばされた婚約だったり、陰で暴力を振るわれていたり、片方が浮気をしていたり。サラ嬢はそんな誰にも言えない悩みを抱えた者の糸を切っていた。それが「良いこと」なのかハッキリとは言えないが、少なくとも「悪いこと」ではないと俺は思う。

……あれ？　つまり、あの時俺の糸を切ったのは何か問題があったからということだ。もしかして、俺の不毛な片想いを終わらせようとしたのだろうか。

しかし、ふと浮かんだ疑問の答えを聞く気には今はなれなかった。

ヒューバート様が退室し、ようやく静かになった空間でほっと息をつく。彼は最近よくこの図書室に出入りするようになった。おかげでなんだか騒がしい。今までは私一人しかいなかったから、誰かと一緒にいることはどうにも慣れない。

勝手に話される片想い相手の話で読書の邪魔はされるし、私の好きなお菓子を持ってきたと思えばマリア様から貰ったものだって言うし。彼、ああいうところが無神経でイラッとくるのよね。

……って、何をこんなに感情的になっているのかしら。私はただ、誰とも関わらないで静かに過ごしたかっただけなのに。冷静でいられなくなる自分が嫌になる。

視界に入ってきたのは、赤い糸。

ああ、本当に目障りだわ。こんな糸。ポケットから銀色のハサミを取り出して、カバーを外す。

「……まったく。私もあの人に似て、諦めが悪いわね」

小さな声で独り言を呟くと、目の前に見えている伸びかけの赤い糸に躊躇いなく刃を入れた。

第三章　クローリア嬢の過去

休日二日間の巡回を無事に終え、学園での生活に戻った。いつものように厳しい訓練を終え寮に戻ると、俺の部屋番号の郵便受けに一通の手紙が入っていた。シンプルな白い封筒の真ん中には、青いインクで〝アレックス・ヒューバート様〟としっかり宛名が書かれている。

封筒を裏返してみるが、差出人の名前はない。代わりに、どこかの家の紋章が入った印が捺してあった。これ、どこの紋章だったっけ。どこかで見たことあるような気もするが……。部屋に入ると、早速中身を読んでみる。

＊＊＊＊＊＊＊＊＊＊＊＊

アレックス・ヒューバート様

突然のお手紙お許しください。

サラ・クローリアについてお話しがあります。

つきましては明日の夕方少々お時間をいただきたく存じます。
迎えの者をやりますので、学園の裏門にてお待ちください。
キーラ・クランス
＊＊＊＊＊＊＊＊＊＊

〝キーラ・クランス〟という名前に聞き覚えはないが、サラ嬢の名前が書いてあることでおおよその予想は出来た。
彼女はおそらく、こないだ正門の前でサラ嬢と話をしていた女性だろう。クランスといえば侯爵家だったはずだが……あの家に娘はいないはず。数年前に爵位を息子夫婦に譲ったと聞いたから、彼女は年齢的にクランス夫人だろうか。いや、高位貴族の夫人が俺になんの用があるというのだ。まさかあの時の無礼を咎められる……とか？　もしや裁判のお知らせか？　いや、さすがに考えすぎだ。一抹の不安を抱えながら、俺は明日に備えて瞳を閉じた。

全ての授業を終えた放課後。言われた通り裏門に立っていると迎えの馬車がやって来た。目立たないよう飾りや紋章のないシンプルな馬車だ。それに乗り込み、揺られること数分。上品な外観のカフェに辿り着くと、エプロンを着けた女性店員さんに個室へ案内された。この店はおそらく貴族御用達、密談や商談などに使われる場所なのだろう。こんなところに呼び出すなんて、いったいどんな話があるのやら……。緊張が高まる。

案内された個室に入ると、藍色のドレスを着た美しい女性が座っていた。彼女は立ち上がると、俺に向かって挨拶をする。

「アレックス・ヒューバート伯爵令息。本日はお時間をいただきありがとうございます。わたくし、キーラ・クランスと申します。ジョージ・クランス侯爵の妻で、サラ・クローリアの叔母です」

そう言って、侯爵夫人は美しい所作で礼をする。俺も慌てて自己紹介をし、頭を下げた。あの様子からサラ嬢と何か関係がありそうだとは思っていたが、まさか叔母だったとは……。彼女はプラチナブロンドの髪に青紫色の瞳をしていて、パッと見たところサラ嬢とはあまり似ていない。

案内してくれた店員さんに椅子を引かれ、俺は侯爵夫人と向かい合わせで座った。店員さんは金縁の白いカップに入った紅茶を置くと、礼をして静かに部屋を出て行った。残されたのは俺と侯爵夫人、そして彼女の侍女の三人だけだ。

「そんなに緊張しなくていいからね。わたくしは今日、侯爵夫人としてではなくサラの叔母として会ってるんだから」

クスリと笑って侯爵夫人は続ける。

「突然手紙が届いて驚いたでしょう？　先日お会いした時サラが貴方の家名を呼んでいたから、ちょっと調べてみたの。そしたらヒューバート家には二人のご子息がいるって分かって。嫡男の方はもう学園を卒業していたから、次男の貴方に目星を付けたの。それで、学園宛てにその名前で手紙を送れば確実に届くと思って……ごめんなさいね」

「いえ。確かに驚きましたが大丈夫です」

なるほど。俺の名前を知ったのはそういう理由か。ようやくひとつの疑問が解消された。

「早速本題に入るけれど。今日貴方を呼んだのはサラの話をするためです」

俺の背筋が一気に伸びる。

「まず確認したいのだけれど、貴方はサラと付き合っているのかしら？」

「……は？」

今の俺の顔に効果音を付けるならおそらくポカン、がピッタリだろう。まさかそんなことを聞かれるとは完全に予想外だった。もしかして、俺がサラ嬢にふさわしい男かどうかを見極めるために呼ばれたのか？　いやそんなわけないだろう。しっかりしろ、俺。

「どうなの？」

答えを促す彼女の顔が思いのほか真剣だったので、これは親戚特有のお節介や興味本位で聞いているわけではないのだと理解した。俺は、馬鹿なことを考えていた自分を恥じた。だからこちらもしっかりとした態度で返答をする。

「いえ、俺とサラ嬢はそういった仲ではありません」

「…………そう。付き合ってないの……」

彼女の落胆した様子に何もしてないのに悪いことをした気持ちになった。質問の意図が掴めない。しかし、彼女は立ち直ったのか再び口を開いた。

「でも、あの時サラを連れ出したってことは二人の仲は良いのよね？　お友達なのよね？」

どこか必死な様子に疑問を抱きつつ、俺は少し迷ってから「まぁ、よく話はさせてもらってますが」とだけ返した。

「そうなの。まぁ、友達でも十分だわ」

……そう言われてみると、俺とサラ嬢の関係はなんなのだろう。知人というには知りすぎているし、かと言って友達というほど深くもない。強いて言うなら迷惑な力を共有する良き理解者、と言ったところだろうか。なんだか腑に落ちない。知り合い以上友人以下の方が合ってるか？

「ところで、なぜ俺とサラ嬢が恋人同士だと思ったのですか？」

「そうねぇ、サラの表情かしら」

「表情？」

「ええ。あの時、貴方が来て安心してたから。よほど信頼してるんだなって思ったの。だから恋人かと思ったんだけれど……それは今後に期待ね」

サラ嬢が聞いたら不機嫌になるだろう言葉に、俺は苦笑いを浮かべることしか出来なかった。

「あの、侯爵夫人」

「キーラでいいわ。呼びにくいでしょう？」

「では、キーラ様」

「何？」

「キーラ様は、その、サラ嬢とは……」

俺の言いたいことが分かったのか、キーラ様は悲しげに笑った。

「……ええ。残念だけど仲良くはないわ。あの子、うちの一族を嫌っているから」

「……そうなんですか」

「学園に入ってから一度も帰省していないし、手紙の返事もない。訪ねていっても避けられちゃって。今回も話すら出来なかったわ。まぁ……自業自得なんだけどね」

キーラ様は俺の目を真っ直ぐ見つめる。大きな猫目はサラ嬢そっくりだった。

「貴方は、運命の赤い糸って信じる？」

その質問に、俺ははっと息を呑んだ。

「その反応………もしかして知ってるのかしら？」

何が、とは聞かなくても分かった。そうか。親族ということはもしかしたらキーラ様にも見えているのかもしれない。

「キーラ様も見えるのですか？」

質問に答えなくとも通じたのだろう。キーラ様は目を見開いた後、小さく首を横に振った。

「いいえ、わたくしには見えないわ。見えるのはサラだけよ」

「そう……ですか」

「ええ。そうね……物心つく頃には既に見えてたんじゃないかしら」

キーラ様は俺を観察するようにまじまじと見つめる。居心地が悪くて視線が泳いだ。

「ああ、ごめんなさいね。貴方が赤い糸について知ってるなんて驚いちゃって。だって、サラが他の人に自分の力を話すなんて信じられないんだもの」

「いいえ、俺が知ってるのはたまたまなんです。その……なんというか」

俺は暫く迷ってから、小さな声で言った。

「……俺も見えるんです。運命の赤い糸」

「えっ？」

驚くのも無理はない。俺だっていまだに信じられないが、見えるものは見えるのだ。今だって、キーラ様の小指に結ばれた糸が見えているのだから。

「俺の場合、ある日起きたら突然見えるようになってたんです。しかもごく最近の話で」

「……そうだったの。それは大変だったでしょう？」

「はい。突然だったので最初は非常に焦りました。でも、サラ嬢に色々教えてもらってなんとか落ち着いたというか……」

「それってなんだか運命的ね。そうね……。サラも貴方みたいな人がいれば心強いでしょうね」

キーラ様は眉尻を下げて笑う。

「サラ、友達いないでしょう？　学園でも孤立してるんじゃない？」

「ええと、それは………」

こういう時、なんて言うのが正解なのだろうか。はいそうですよ、と正直に言ってしまった方がいいのか、嘘にならない程度に脚色を加えながら言った方がいいのか。口ごもってしまった俺の様子を見かねて、キーラ様は謝罪した。

「ごめんなさい、答えにくかったわよね。でも……あの子があんな風に人を遠ざけるようになってしまったのはわたくしたちのせいなの」

ふう、とひとつ息を吐き出すと、キーラ様は俺の目をしっかりと見た。

「ここからの話は、他言無用でお願いいたします」

キーラ様の言葉に、俺は静かに頷いた。

「我がクローリア家の先祖には、東の国から嫁いできた巫女様《みこ》がいるの。巫女様っていうのはこの国で言う聖女様みたいなもので、神様の遣いらしいわ。ただ、我が国の聖女様と違って、巫女様は未来が見えたり他人の心の声が聞こえたり、色々と不思議な力を持っているそうよ」

確かサラ嬢は赤い糸は東の国の伝説だと言っていた。なるほど。彼女がその話を知っていたのは自分の家に関係があったからなのか。

「巫女様の血を受け継ぐクローリアの家系では、時々そういう不思議な力を持って生まれてくる子がいるのよ。最近では、その力の一部がサラに受け継がれた。赤い糸が見えるのはそのせいよ。どんな力を持って生まれくるかは分からないんだけど、サラに現れたのはその力だった。運命の赤い糸なんて最初は信じてなかったけど、言うこと全て当たってるんだもの。信じるしかないわよね。そして、このことは一族以外に話すことを禁じられていたの。誰かに知られれば力を悪用されてしまうかもしれないから。サラも、今まで誰にも話したことはないはずよ。まぁ……変な噂は立てられていたようだけど」

はぁ、とキーラ様の口から溜息が溢れた。

「クローリア家の醜聞は知ってるでしょう？」

それは非常に返答に困る質問だった。しかし、ここで嘘をついても意味はないと思い、俺は躊躇いがちに小さく頷いた。

「サラの父は姉とあの子を捨てて長年想い合っていた相手と出て行った。姉はあの男を愛していたからショックを受けて体調を崩し、領地での療養を余儀なくされた。クローリア家は妻を亡くし、爵位を早々《はやばや》娘に譲っていた父――サラの祖父のことね。祖父が当主代理を務めることになった。そして、将来的には爵位をサラに譲ることに決めた。これが長年社交界で言われ続けているクローリア伯爵家の醜聞。この話は本当よ。……いいえ、事実はもっとひどい」

キーラ様は何かを我慢するように眉間にシワを寄せると、絞り出すように語り始めた。


姉のレイラ・クローリアとあの男の結婚は、政略結婚だった。当時、あの男の領地は豪雨による川の氾濫で広範囲に水害が起き、領民は苦しんでいた。領地の立て直しを急ぎたくても予算も資材も人材も足りず、借金をしてなんとか作業に当たっていたが復興にはほど遠い。

そこに手を差し伸べたのがクローリア家である。クローリア家の長女レイラは伯爵家三男のあの男に惚れていた。妻を早くに亡くしたこともあり、クローリア伯爵は娘にとても甘かった。娘の望む相手と婚約させようと、クローリア家は姉との婚姻を条件に、借金の返済の肩代わり、支援金の援助と人材の派遣、機材の提供を約束した。それにより、あの男の領地はみるみるうちに復興していった。さらに特産品の販路の拡大を手伝ったことにより売上が伸びた。上手くいけば税収も上がり、領地運営も安定する見込みだった。

領民も救えるうえに伯爵家への婿入りで将来は安泰。自分に惚れている妻は社交界の華と呼ばれる美しい令嬢。伯爵家の三男《あの男》にすればこれ以上ないほどの良縁。跡継ぎ以外の子息ならば誰もが羨む結婚だった。

しかし、あの男には想い人がいた。

幼馴染の、貧乏男爵家の長女。幼い頃から仲が良く、お互い想い合っていた。負債を背負ってしまった家のために仕事に出かけお金を稼ぎ、使用人も雇わず家事全般をたった一人で行う彼女を、彼はいつもそばで支えていた。しかし、男爵家は兄が継ぐことが決まっているため爵位を持たない男と結婚したらただの平民になる。それでは男爵家が保てない。時が来れば、彼女はどこかに嫁がされるだろうことは分かっていた。さらに自領の水害。お互いの家の事情を考えると、二人が結婚することは到底不可能だったのだ。

姉は二人の関係を知らなかった。

家が貧乏だったため、男爵家の娘は学園に通っていなかったからだ。姉は学園で知り合ったあの男に恋をし、やがて婚約を果たす。相手の弱みに付け込むような形だったとはいえ当時の貴族の結婚としてはよくあることだ。それに、あの男自身も納得してから結んだ婚約だった。

婚約期間中のあの男は、姉に優しかった。デートを重ね花束を贈り、ドレスやアクセサリーのプレゼントも欠かさず、夜会のエスコートもダンスも完璧だった。あの頃の姉は本当に幸せそうだった。自分の婚約者が他の女に懸想しているなど、夢にも思わなかっただろう。

姉がそのことに気付いたのは、結婚式の時だった。

招待客の中にいた彼女を見つめるあの男の熱く焦がれた瞳。見つめ合う二人を見て全てを悟ったと言う。それでも気付かないふりをした。彼が彼女を想っていても、隣にいるのは自分なのだと必死に言い聞かせて。

結婚生活は順調だった。あの男は姉に対して愛はなかったが情はあったのだろう。結婚して二年後には子どもも生まれ、それなりに幸せだったと思う。

悲劇が起きたのは、サラに巫女様の力が発現してからだ。運命の赤い糸が見えるという、厄介な力が。

ある日、サラは言った。

「お父様の小指にお母様とは違う赤い糸が結ばれてるわ」と。

おそらくあの頃のサラは自分の言葉がどんな意味を持つのか、それがどんな結果をもたらすのかなんて考えもしなかったんだと思う。あの子はただ見えたものをそのまま言っていただけ。まだ小さな子どもだもの、当たり前だ。

あの男は顔面蒼白で今にも倒れそうだった。しかし、焦る私たちとは対照的に、姉は悲しそうに微笑んでサラの頭を優しく撫でただけ。……私はあの時の姉の顔が今でも忘れられない。そして思った。〝知らない〟って怖いわ、と。

姉は結婚してからずっと苦しんでいた。なぜ、どうしてあの女なのか。どうして自分に気持ちを向けてくれないのか。こんなに好きなのに。どうして彼に伝わらないのだ、と。涙を流した日は数知れず、悲しみが怒りに変わる日だってあった。でも、それを全て一人で抱え込み、誰にも言わず、気付かないふりを続けて笑っていた。

しかし、サラの一言であの男の愛が自分に向いてないと改めて突き付けられたのだ。悪意がないのは分かっている。分かってはいるが……事実は時として残酷だ。

私はその夜、姉の気持ちを思って部屋で泣いた。

そして——秋の近付いてきたあの日。クローリア伯爵家は壊れてしまったのだ。

その日は、サラと買い物に行った帰りだった。

その頃の姉は少し情緒不安定で体調を崩しがちになっていた。サラも、母が父のことで苦しんでいるのを知ってどうにかしたいとずっと悩んでいた。あまり根を詰めすぎても良くないので、少しでも気分転換をさせようと私がサラを街へ連れ出したのだ。この頃になるとあの男は職場である王宮に泊まることが多く、帰ってくることは稀だった。後から知ったのだが、王宮にはあの男爵令嬢がメイドとして働きに来ていたらしい。つまり、二人は職場で堂々と逢瀬を重ねていたわけだ。最低である。

馬車から降りて邸に入ると、そこで感じた違和感。いつもなら帰ってくると使用人と一緒に姉が出迎えてくれるのだが、今日はそれがない。それに、邸全体が水を打ったように静まり返っている。不思議に思いながらも、私とサラは邸を進んで行く。姉の部屋のドアが開いていたので、そっと中を覗き込む。

「……お姉様？」

シンプルな深緑色のドレスを着た姉は、部屋の真ん中にぺたりと座り込んでいた。俯いているせいでその表情は分からないが、これは異常だ。

「どうしたんです!?　大丈夫ですかお姉様！」

私が駆け寄って声をかけるも、姉はその声が聞こえていないのか、こちらを見向きもしない。まるで魂が抜かれてしまったかのようにぼうっとしていて、気力がまったく感じられなかった。とにかく、様子がおかしい。

……どうしよう。そう思ってサラの様子を横目で窺う。サラは大きな赤い瞳で姉を見つめていた。そのまま動く様子はない。二人ともどうしちゃったのかしら。私は途方に暮れた。

「お母様」

サラが小さく口を開いた。

「糸を切ったらお母様は苦しみから解放されるんじゃなかったの？」

私はヒュッと息を呑む。この子は何を言っているのか、と彼女の言葉を理解するのが一瞬遅れた。

「だってお父様が言ってたの。お母様とお父様の糸を切ったらみんな苦しくなくなるって。お母様を助けてやってくれって。だから私――」

私の心臓はバクバクと嫌な音を立てて速まる。喉はカラカラで上手く声が出せない。やめてサラ、もうそれ以上話さないで。お願いだから……。私の願いも虚しく、サラの口は止まらない。

「私が切ったの。お母様とお父様の赤い糸」

その一言で理解してしまった。あの男は逃げたのだ。責任も罪もこの小さな子どもに押し付けて逃げ出した。わずかにあった姉への情を捨て、家族を捨て、子どもを犠牲にし、秘めていた長年の愛を選ぶ決意をした。最も残酷なやり方で、あの男は全てから逃げ出したのだ。

「ふっ、ふふ」

ひどく長い沈黙の後、乾いた笑い声が響いた。姉の肩が小さく震える。

「…………お母様のこと傷付けて楽しい？」

ゾッとするほど冷たい声が響いた。ゆらりと顔を上げた姉の虚ろな目からは、止まらない涙が静かに流れ落ちている。姉が姉ではないように感じてとても怖かった。

「……え？」

「お母様を傷付けて楽しい？　って聞いてるの」

「お……かあ、さま？」

サラにとっては寝耳に水だろう。彼女は傷付けているつもりなんてこれっぽっちもないのだから。むしろ、サラは母を助けたいと思っていた。これ以上苦しんでほしくなかったのだ。姉は感情を押し殺したように、声を震わせながら告げていく。

「全部あんたのせいよ。……いつも余計なことばかり言って。他の糸が伸びてるって。結ばれてるって。いつもいつも、あの人の心はあの女のものだって私に突き付けてきて」

「……あ――」

「こっちは必死で気付かないふりしてるのに全部水の泡。人にはね、いくら真実でも知りたくないことがあるの。知らない幸せっていうのがあるの」

「……ご、ごめ、な」

「分かる？　お母様はあんたのせいで泣いてるの。あんたのせいで苦しいの。あんたにそんな力があるからあの人の決心がついちゃった。私たちを捨てる決心が!!　……ねぇ、どうして？　どうしてあんたは人を傷付けることしか出来ないの!?」

　バン！　と力強く叩かれた机の上に置いてあるのは、離縁届けだった。

「全部ぜんぶあんたのせいよ!!　切らなければ……切らなければ……私たちはまだ笑っていられたのに！　一緒にいられたのに!!　今まで私がなんのために我慢してきたと思ってるのよ!!」

「……ご、めんな、さ……ごめ、な、さぃ」

　サラはひたすら謝っていた。怯えながら、何度も何度も。私はサラの謝罪と姉の泣き声を、ただただ聞いていることしか出来なかった。


「……その後、サラは切れた二人の赤い糸を何度も結び直したみたい。だけど結果はいつも同じ。どんなに強く結んでもすぐに解けてしまうんですって。サラの努力も虚しく、しばらくして二人は正式に離縁したわ。あの男は実家とも縁を切って、いえ、勘当されたが正しいかしら。例の男爵令嬢と一緒に国を出て行ったそうよ。我が家への莫大な慰謝料は自ら払うっていう約束はしたみたいだけどね。きっと平民になったんでしょうけど、それからどうなったのかは分からないわ。知りたくもない。だけど、不幸になってるに違いないわ。絶対にね」

じとりと額に汗が滲んだ。キーラ様の話は衝撃的で、胸に突き刺さるような痛みを感じた。

「姉のヒビだらけの心は限界を迎え、壊れてしまったんでしょうね……。すっかり気力を失った姉は呼びかけにも応じず、一日中ただぼーっとするだけになってしまって。噂通り領地で療養することになったの。サラは……サラは人と関わるのを避けるようになった。友達も一切作らなくなって、邸では家族にも使用人にも必要最低限のことしか話さなくなった。ギクシャクした雰囲気のまま学園の寮に入って、そのままずっと会ってないの。……サラは今でも自分を責め続けてる。だから人を寄せ付けない。傷付けてしまわないように予防線を張ってるんだわ。でも、優しい子だから。赤い糸で苦しんでる人を見ると手助けしちゃうのね。自分が悪者になるのも構わずに。……いいえ、むしろ悪者になるように振る舞って」

沈黙した空気が痛い。じわり、と口の中で鉄の味がした。いつの間にか唇を強く噛んでいたらしい。俺はゆっくりとその力を緩めた。

「……失礼を承知で申し上げます……貴女たちは、卑怯だ。自分勝手の愚か者だ。父親も母親も、貴女も。子ども一人にそんな責を負わせて。彼女をさらに傷付けるようなことばかりして」

俺の脳裏には彼女の寂しそうな横顔と、何かを我慢するように強く握られた小さな手が浮かんでいた。……ああ。そうだ。俺は今怒っているのだ。目の前の女性と、サラの両親に。

「……返す言葉もないわ」

キーラ様の顔を見なければ、俺はもっとたくさん怒りをぶつけていただろう。でも、彼女の顔は苦渋に満ちていた。後悔や罪悪感でいっぱいの彼女を責めることは出来ない。

「……そう。サラは悪くない。悪いのは全てあの男。あの男は覚悟が足りなかったのよ。全てを捨てる覚悟も、全てを受け入れる覚悟もなかったくせに姉と結婚した。そのせいで大勢の人を傷付けた。姉を、サラを傷付けた。……あの男も色々と苦しかったんでしょうけど、そんな言い訳通用しないわ。絶対に……わたくしはあの男を絶対に許さない」

そう言って、キーラ様は深い溜息をついた。

「そして、それは姉とわたくしも同じ。姉は全てサラのせいにした。わたくしはそんなあの子を守ってあげられなかった。それどころか距離を置いてしまって……白状してしまうと、怖かったのです。わたくしの糸も切られてしまうのではないか、と。あの子がそんなことをするはずがないのに。あの時だって姉を……母を思っての行動だったのに。……わたくしは間違ったのです。あの子を助けるべきだった。傷付いたあの子に寄り添ってあげるべきだった。それなのに突き放してしまった……わたくしは本当に最低ですわ。サラがこんなわたくしたちと会いたくないのは当然のこと。謝っても謝りきれない」

堪えきれなくなったのか、キーラ様はハンカチで目元を拭う。

「それなら……なぜ今頃になって会いに来たんですか」

「実は姉が……サラの母親が入院したの」

「えっ⁉」

「あれからだいぶ時間が経って、姉は少しずつだけど当主の仕事をこなせるくらいに回復したわ。精神的にも肉体的にもね。立ち直って心に余裕が出来た姉は……ずっとサラのことを気にしてた。実の娘にした仕打ちを思い出しては泣いて後悔して。でも、謝りたくても合わせる顔がないから。姉は償いのように仕事に没頭したわ。そうしたらこの間倒れちゃって。王都の病院で診てもらうことになったの。幸いなことに重い病気ではないみたいだけど、しばらくは薬の投与が必要なんですって」

重い病気ではないと聞いて、俺はひとまず安堵した。

「入院したことをサラにも伝えようと思って手紙を送ったんだけど、返事がなかったから直接学園に行ったの。そしたらどこかの勇敢な騎士見習いさんに連れて行かれてしまって。結局伝えられなかったわ」

その言葉にハッとして目を見開く。……心当たりがありすぎるのだ。

「も、申し訳ありませんでした。あの時は何かトラブルがあったのかと思って必死で……」

「謝らないでちょうだい。あれがなくてもサラとは話せなかったと思うから。それに、あの時の貴方、とってもカッコ良かったわよ」

キーラ様はクスリと笑う。

「このままではいけないってずっと思ってたの。もちろん姉もわたくしも許してほしいなんてそんな恥知らずなことは思ってないわ。でも、自己満足だってことは分かってるけど……ちゃんと謝りたいの。姉が倒れたのがきっかけっていうのも情けない話なんだけれどね」

カップの中の紅茶はもうすっかり冷めきっていた。

「あの……どうして俺にその話をしたんですか？」

「言ったでしょう？　サラは貴方を信頼しているって。きっと貴方はサラにとって特別な存在なのよ」

〝サラにとって特別な存在〟

その言葉に、なぜか俺の胸がドクンと高鳴った。いや、いやいやいや。特別だと言ってもキーラ様がそう思っているだけで。俺がサラ嬢の特別だなんてそんなこと……あるわけがない。

「だからね、貴方がサラの恋人だったらいいなって思ったの。ほら、あの子って糸のせいでまともに恋愛したことないから。もしかしたら人を好きになる気持ちを知れたのかしらって。そうだったら嬉しいなって」

俺はあっちこっちに目を泳がせながら眉間に力を入れるというなんとも複雑な表情をして、ようやく言葉を発した。

「その……さっきも言いましたが、俺とサラ嬢はそんな関係ではないですよ」

「ふふっ。そうね、わたくしの勘違いだったわ。ごめんなさいね」

なんだか何もかもを見透かされているようで参ってしまう。これが侯爵夫人の余裕というやつだろうか。

「アレックス・ヒューバート様」

「はい」

「今日はわたくしの話を聞いてくれてありがとう。それから……あの子、素直じゃないけど根は悪い子じゃないから。……こんなことわたくしが言える立場じゃないけど、あの子のこと、支えてあげてほしいの」

「……はい」

「ありがとう。これからもどうかよろしくお願いします」

キーラ様の言葉に、俺は静かに、だが力強く頷いた。


寮の自室で一枚の紙と睨み合うこと数時間。

俺の頭の中は今、分別されていないゴミ箱の中身みたいにごちゃごちゃである。

学園の門でサラ嬢を見たあの日。

あの時、俺は彼女が苦しそうにしていることに気が付いて、だから彼女の手を取った。あの場から彼女を逃がそうとした。

……果たしてそれは正しい選択だったのだろうか。

事情はどうあれ、俺は家族の大事な話し合いの場を壊してしまったのだ。

〝知らないって怖い〟

キーラ様の言葉が頭をぐるぐると回る。……はぁ。まったくもって本当にその通りだ。俺は相変わらず前回の反省を活かせていないらしい。情けない限りである。

キーラ様はなんとか連絡を取る方法を考えると言っていたけれど、サラ嬢の性格上成功させるのは難しいだろう。キーラ様が学園へ直接出向いたことで、今以上に警戒を強めるはずだから。

しかし、確執があると言っても実の母親が入院したのだ。知らせた方がいいに決まってる。

なんとかして伝える方法はないのだろうか。おそらくサラ嬢は家族や親戚、家の関係者との接触は徹底的に避けるだろう。手紙や面会の申請も受け付けない。無関係の第三者から伝えることが出来ればいいのだが、デリケートな内容なので信頼のおける人物でなければ任せられない。それに、サラ嬢は自分の知らない人間とは会わないだろう。なるほど八方塞がりだ。だからキーラ様は強行突破で学園に来ていたのか。……本当に申し訳ないことをしてしまったな。

責任を取って俺が彼女に伝えるべきかと何度も思ったのだが、赤の他人である俺がクローリア家の問題に首を突っ込んでいいのだろうかという思いが決心を鈍らせた。だが、やはり俺がやるのが一番いいだろう。

ベッドから起き上がって、明るくなってきた窓を見つめる。

どうやら自分はずいぶんとお節介な性格だったらしい。それとも、こんなに気にかかるのは相手がサラ嬢だからだろうか。いや、そんなはずはない。俺はただ自分の責任を取ろうと、いや、騎士としての正義を全うしようとしているだけであって……！　誰に対して言っているのか分からない言い訳を並べながら、俺は白いカードをポケットに仕舞った。


頭が痛い。吐きそうだ。

これは典型的な睡眠不足からくる症状である。おかげで今朝から面白いほど授業に集中出来ていない。座学で出てきた歴史上の人物や地名が脳内でワルツを踊っているかのようにくるくると回り、公開訓練だというのにまったく身が入らなかった。そのせいで軽く怪我をしてしまったが、これくらいなら放っておいてもすぐ治るだろう。

それよりも……二つに折られたカードを広げて溜息をついた。青いインクで書かれた文字は美しく整っている。

何を隠そう、このカードこそが俺の睡眠不足の原因だ。これは、カフェでキーラ様に書いていただいたものである。手紙とは言えない、ただの走り書き。俺はこのカードをなんとかサラ嬢に渡せないかと、睡眠不足になるほど頭を悩ませているのだ。

……やはりサラ嬢には変な小細工などせず、正攻法でいった方がいいのだろうか。直接渡せば受け取ってくれるか？　それとも何も言わず内容だけを突き付けてみるか？　いや、それはさすがに失礼か。

「どこか調子が悪いのですか？」

「わっ！」

眉尻を下げ、心配そうな表情を浮かべ立っていたのはマリア嬢だった。思わず体をのけぞらせる。考え事をしていたせいでマリア嬢の存在に気付かず、大袈裟に驚いてしまった。

「驚かせてしまってごめんなさい。先ほどの公開訓練の時、なんだかアレックス様の様子がいつもと違って見えたので、心配になって……」

なんて優しいのだろう。レガリオ隊長を見に来ているはずなのに、俺のことまで気にかけてくれるなんて彼女は天使なのだろうか。

「目の下の隈がひどいわ。それに、訓練の途中で怪我をしたのでしょう？　大丈夫ですか？」

訓練用の模擬刀なのでたいした怪我にはならないのだが、打たれればそれなりに痛い。そして腫れる。案の定、俺の手首も若干赤く腫れていた。しかし、こんな怪我なんて日常茶飯事だ。冷やしておけばそのうち治る。

「これくらい大丈夫だ。すぐに治る」

「いいえ。どんなに軽い怪我でも医務室に行った方がいいですわ。後に響いたら大変ですもの」

「……マリア嬢」

「何か悩みがあったら話してくださいね。私に出来ることはそれぐらいしかありませんが……誰かに話せば少しは楽になるかもしれないので」

なんということだ。マリア嬢の背中に天使の羽が見える。

「ああ、ありがとう」

彼女の一言に癒やされながら、俺は行く気のなかった医務室に向かった。


「……その腕どうしたの？」

放課後、いつものように第二図書室に入るとサラ嬢が驚いた顔をして言った。それもこれも大袈裟に巻かれたこの包帯のせいだろう。あの先生の治療はいつもやりすぎなのだ。まぁ、俺たちの体を気遣ってのことだというのは分かっているけれど。

「訓練でちょっとな。俺の不注意だ。たいしたことはない」

「……そう。目の下の隈もひどいし、騎士は大変ね」

……誰のせいでこうなったと思っているんだと内心で文句を言うが、よくよく考えると俺が勝手にやってるだけなのだから俺のせいである。むしろサラ嬢にとっては迷惑なのかもしれない。しかし、ここまで来たら後には退けない。

俺は意を決してポケットから白いカードを取り出す。サラ嬢の座るカウンターのテーブルにカードを広げ、スッと差し出した。

「……何よこれ」

サラ嬢は差し出されたカードを覗き込むと、眉間のシワを深くして言った。

「病院の名前と住所。それと病室の番号が書いてある」

「…………病院？」

わけが分からないと言った困惑の表情で俺を見上げる。

「サラ嬢の母君が、そこに入院してるらしい」

ひゅ、と息を呑む音が聞こえた。俺は説明するように続ける。

「幸いなことに重い病気ではないようだが、薬の投与が必要でひと月ほど入院するらしい」

サラ嬢にしては珍しく動揺しているようだった。口を数回動かしたものの、その声はまったく聞こえない。だがそれはほんの一瞬の出来事で、彼女はすぐにいつも通りの無表情に戻った。

「……どうして貴方が知ってるの」

不安げに揺れた瞳は消えても、眉間のシワは健在だ。俺は言おうか言わないか少しだけ悩んで、口を開いた。

「サラ嬢の叔母……キーラ・クランス侯爵夫人に聞いたんだ」

サラ嬢の目が大きく見開かれる。だが、その目は徐々に下に向かって伏せられていった。今、彼女はいったい何を思っているのだろう。

「……そう」

小さな声で言ったきり何も反応を示さなくなる。訪れたのは長い沈黙だった。水の底に沈められたような息苦しさの中、彼女はふっ、と自嘲したように笑った。

「あの人、私が捕まらないからって貴方のところに行ったのね。アレックス・ヒューバート様、迷惑かけてごめんなさい。あの人に何を言われたのか知らないけど、貴方は何も気にする必要はないわ」

彼女は呆れたようにひとつ息を吐く。

「……キーラ様たちは自分のしたことは最低だって。謝りたくても合わせる顔がないって、すごく反省してた」

華奢な肩がぴくりと動いた。でも、それだけだ。それ以外の反応はサラ嬢からは見られない。

「……家庭の事情を勝手に聞いてしまったことは謝罪する。余計なお世話かもしれないが……病院、行った方がいいんじゃないか？　その……何年も会ってないんだろう？」

それでもサラ嬢は答えなかった。下を向いてしまった彼女の表情は分からない。緊張のせいで心臓がバクバクと鳴っている。俺は彼女の返事を大人しく待つことしか出来ない。

「……ほんと。みんな勝手なことばかりね」

サラ嬢が顔を上げた瞬間、俺は背筋が凍りついた。彼女の顔に表情はない。まるで感情の欠落した人形のように、無機質で冷たい鉄仮面が貼り付いているだけだった。

「私は会いに行かないわ」

意志の強い目だった。口調は淡々としているのに、その決意の固さはずっしりと伝わってくる。情けないことに俺は少しばかり怯んでしまった。だが、俺もやすやすと引き下がるわけにはいかない。

「気持ちは分からなくもないが、母親だろう？」

「貴方に何が分かるの？　知ったような口聞かないで」

「何年も会ってないならなおさら……見舞いぐらいした方がいいんじゃないか？」

「誰に何を言われても私の考えは変わらないわ」

「でも……」

「何度も言わせないで。これは私の問題なの。人の領域に勝手に入って来ないでよ。プライバシーの侵害よ。それに……」

サラ嬢は立ち上がって真っ直ぐ俺を見た。

「アレックス・ヒューバート様。貴方には関係ないでしょう？」

ピシャリと言い放つと、静かに図書室を出て行った。カウンターに残されたカードをぼんやりと見つめる。

彼女の説得が一筋縄ではいかないことは最初から分かっていた。拒絶されることも、嫌がられることも全部。……分かっていた、つもりだった。覚悟していたはずだった。でも、

〝貴方には関係ないでしょう？〟

その一言がこんなにも苦しく、こんなにも痛いだなんて。誰が予想出来ただろう。


あの日から、俺はサラ嬢に徹底的に避けられるようになった。

図書室には顔を出しているみたいだが、どういうわけか俺が足を運ぶ時はその姿は見受けられない。意を決してクラスに行ってみるも結果は同じ。無駄だとは思いつつ周りの生徒にサラ嬢の居場所を聞いてみれば、興味津々、面白半分といった具合に「本当にあの破局の魔女《はきょくのまじょ》クローリア嬢と付き合ってるのか？」と逆に質問されてしまった。いまさらながら本当に噂は広まっていたんだなと実感した。無駄な収穫である。

あの日、ダメ元でカウンターの上に短いメッセージと例のカードを置いてきたのだが、それは翌日寮のポストに届けられていた。それも、ご丁寧にしっかりと俺の名前が宛名書きされた封筒に入れられて。簡単に受け取ってくれるとは思っていなかったが、まさか突き返されるとは……。この仕打ちにはそれなりに落ち込んだ。

今日も一度も姿を見かけることはなく、俺はどうしたらいいかとますます頭を悩ませた。

……正直、どうしてここまでするのか自分でも不思議でしょうがない。彼女の境遇を聞いたせいだろうか。……いや、そんなんじゃない。俺はただ、苦しそうな彼女を見たくないだけだ。寂しそうな彼女の横顔を見たくないだけだ。何かを我慢するように握り締めたその手を解いてやりたい。……ただ、それだけだ。

サラ嬢の説得が予想以上に上手くいかないことは身を以て実感した。向こうがその気ならこちらも手段を選んでいられない。俺は立ち上がると、そのまま隣室のドアを乱暴に叩いた。

「ふぁ……誰だよこんな時間にぃ」

出てきた腹立たしい寝ぼけ顔の男に向かって、俺は不本意ながら口を開く。

「……トム。お前に頼みがある」

起きたばかりで頭の回っていないトムは「へ？」と間抜けな声を出した。

「こんにちはー！　本日の荷物をお届けに参りました！」

元気良く挨拶をした配達員は抱えていた木箱を置くと、首にかけた入寮許可証を見せる。

「ご苦労様です。荷物はこちらにお願いします」

「はい！」

それを確認したハワード王立学園、女子寮の警備員は何も疑うことなく配達員の男を中に入れた。……よし、まずは第一関門突破である。

俺は今、着たこともない配達員の制服を着て大きな木箱を抱えながら、男子禁制のハワード王立学園女子寮に侵入している。バレたらもちろん変態のレッテルを貼られたうえに厳しい処分を受けるだろう。そんなリスクを背負いながらも女子寮に侵入したのは、サラ・クローリア嬢と話をするためだ。

先日、無駄に情報通である友人のトムに恥を忍んで女子寮に侵入する方法はないかと聞いたところ、学園に出入りする業者に変装して裏口から侵入する方法を教えてもらったのだ。特に手紙や荷物を運ぶ配達屋は入寮許可証を貰っているらしく、男性であってもエントランスまでは怪しまれることなく入れるという。

はっきりとした事情は言わなかったものの、サラ嬢のところに行くのだと目敏《めざと》く察したトムはそれはそれは楽しそうに侵入方法を説明してくれた。

変な誤解を与えないようにやましいことは何もない、やましい気持ちも何もない、事情があって仕方なく侵入せねばならないのだと口を酸っぱくして言ったのだが、伝わったかどうかは定かではない。いや、たぶん伝わっていない。伝わったとしても脳内で自分の都合のいいように歪曲してるに違いない。

やけに張り切ったトムは、どこからか配達員の制服と入寮許可証を調達し俺に渡してきた。そのどちらも本物だった。……いったいどんな手を使って入手したのやら。落ち着いたら、トムは諜報活動に特化した第四騎士団に入るべきだと隊長に推薦しておこう。

木箱に入った荷物を所定の場所に置くと、俺はすぐに行動を開始した。鞄に何通か手紙を入れ、帽子を深くかぶって誰にも見つからないように廊下を足早に進む。手紙はもし人に見つかった場合の言い訳のためだ。本来手紙は所定の場所に置いた後で管理人が仕分け、各ポストへ配るのだが、直接届けるよう頼まれたのだ、とでも言って逃げればなんとかなるだろう。

サラ嬢の部屋は廊下の一番奥らしい。……ちなみにこれもトムに聞いた情報である。個人の部屋番号まで知っているとは……本当にアイツはいったいどこから情報を集めているのか……いや、今は何も言うまい。

〝107〟と書かれた部屋の前に立ち、コンコンと二回ノックをする。

……反応がない。もう一度ノックする。

……やはり反応がない。

おかしい。この時間はみんな部屋にいるはずだ。外出届けも出されてないし、図書室にもいなかった。おそらくサラ嬢は部屋の中にいる。あえて無視しているのだろう。俺は小さく溜息をつくと、ドンドンと休むことなくドアを叩き続けた。

あまりのうるささに我慢出来なくなったのだろう。カチャリと鍵が開く音がして、中から不愉快極まりないと言わんばかりに眉間にシワを寄せたサラ嬢が出てきた。しかし、俺の顔を見ると驚いたように目を見開く。

「……なっ！　あ、貴方っ」

「しー！」

俺は慌てて人差し指を口に当て静かにするよう必死に懇願する。俺の意図を察したのか、サラ嬢は苦虫を噛み潰したような顔をして口を閉じた。俺は小声で話し出す。

「こんなところまで押しかけて申し訳ない。だけど話があって――」

「私はないわ。じゃあ」

「待ってくれ！」

彼女は非情にもそのままドアを閉めようとしたので、俺はすかさず右足を隙間に滑り込ませて阻止した。足首のあたりにガッと衝撃を受ける。それを見たサラ嬢の舌打ちが聞こえてきた。挟まれた足はじんじんと痛い。

「叫ぶわよ？」

「それは困る。だが、頼むから話を聞いてくれ。お願いだ」

そう言って頭を下げると、上から諦めたような溜息がこぼれ落ちた。

「……とりあえず入って」

「はっ⁉　い、いいのか⁉」

「こんなところ誰かに見られたら大騒ぎになるでしょ。巻き込まれるのは御免だわ。それと、ドアは少し開けておいてね。これ以上変な噂が立つのも困るから」

それは……本当に申し訳ない。


サラ嬢の部屋は伯爵令嬢にしてはとてもシンプルだった。派手な装飾品はなく、生活に必要な最低限のものだけが揃えられた感じだ。

婚約者でもない女性と密室に二人きりなんて状況、普通じゃありえない。しかし、これは緊急事態だ。やましい気持ちなんてこれっぽっちもないのだから堂々としていればいい。

慣れない場所と状況にどうにも落ち着かない俺の前に紅茶の入ったカップを乱暴に置いたサラ嬢は、向かい側の椅子に腰を下ろす。侍女もメイドもいないので、おそらくサラ嬢本人が淹れた紅茶なのだろう。令嬢らしくないが、サラ嬢ならやりそうだ。

「それで話って何？　病院なら行かないわよ」

開口一番、あっさりと先手を打たれる。やはり俺の目的はお見通しだったようだ。まぁ、そりゃそうだよな。俺は送り返されたカードを潔くテーブルに置いた。サラ嬢はそれを一瞥すると、またそれかとでも言いたげに視線を逸らす。

「サラ嬢は本当にそれでいいのか？」

「叔母から話は聞いてるんでしょ？　だったらうちの事情も知ってるわよね？」

「……ああ」

「それなら話は早いわ。いまさら何したって無駄よ」

「なぜだ。やってみなきゃ分からないだろ」

「無理なものは無理なの。そこにあるカップだって割れたら元に戻らないでしょう？　それと同じよ」

「直そうと思えば直せるだろ」

サラ嬢の眉がピクリと動いた。

「不格好でも汚くてもつぎはぎだらけでも、直そうと思えば直せるはずだ。戻らないわけじゃない。そうだろ？」

サラ嬢は眉間にシワを寄せ、ジロリとこちらを睨む。

「ねぇ、どうしてそんなに干渉してくるの？」

「それは……」

「そんな格好までして男子禁制の寮に乗り込んでくるなんて信じられない。これは私と家族の問題なの。前にも言ったけど貴方には関係な、」

「関係ないなんて言うな!!」

俺はサラ嬢の言葉を遮って叫んだ。同時に両手でテーブルを叩く。驚いたようにサラ嬢の肩がびくりと跳ね上がったのが見えたが、構わず続ける。

「……正直、自分でもどうしてここまで肩入れするのか分からない。ただ、俺は君がそうやって何も気にしてないようなふりをしてるのが嫌なんだ！　苦しそうな顔も寂しそうな顔を見るのも嫌なんだよ！」

「貴方、何を言って、」

「こないだ、俺には関係ないなんて言われて腹が立った！　君とはそれなりに仲がいいと思っていたからだ！　それなのに君は何も言ってくれない！　俺は君の本音が知りたいんだ！　家族に対する愚痴でも恨み言でもいいから本音をぶつけてほしかった！　君を気にかける理由なんてこれだけあれば十分だろ!?」

ぜぇはぁと肩で息をする。最近はなんだか怒鳴ってばかりだな、と言いたいことを言って少しばかり冷静になった頭で考える。

「……大声出して悪かった」

「本当にね。隣室から文句がきたらどうしてくれるの？　騒ぎを起こして部屋に男がいるなんてバレたら強制退去させられるかもしれないのに」

「……悪い」

彼女の突き刺さるような視線を受け、もごもごと謝罪を口にする。

「それにしても、ずいぶんと身勝手な理由なのね。貴方が干渉してくる理由って」

「サラ嬢だって勝手に俺の糸切っただろ。お互い様だ」

ばつが悪いのか反論の言葉は返ってこなかった。珍しいこともあるものだ。サラ嬢はふぅ、と諦めたように息を吐いた。黒い長髪をサラリと耳にかける。

「…………会って、どうなるの」

それは小さな声だった。その呟きは俺にというより、なんだか自分自身に問いかけているように感じる。

「いまさら会ったところでどうなるっていうの？　話すことなんて何もないわ。私がしたことは変わらないし、父だって戻ってこない。私と会ったって、話したって、過去の傷は消えない。それどころか、あの人たちをまた傷付けてしまうわ」

そこで俺はようやく気が付いた。

サラ嬢は家族に会うのが嫌なんじゃない。家族を、大切な誰かを傷付けてしまうことが怖いんだ。だから会いたくないのだ、と。

「君は……意外と怖がりなんだな」

ぽろりと口をついて出た言葉に、サラ嬢は気を悪くするわけでもなく自嘲気味に答えた。

「……そうね。私は人との〝縁〟が怖い。だから切った。私と繋がるものは全部。誰にも関わってほしくなかった。放っておいてほしかった。どうせ傷付けることになるなら、一人の方がずっとマシだもの」

サラ嬢は伏し目がちに続けた。

「私が切った父と母の糸はね、何度結び直してもすぐに解けてしまったの。気持ちがすっかり離れているものはどうしようもなかったみたい。……ダメね、私。糸が見えてたって触れたって、結局何も出来ないんだもの」

……あれはいつだったか。失恋してヤケになって、俺の糸とマリア嬢の糸を無理やり結んでしまおうか、と言った時だっただろうか。

〝気持ちの繋がらない者を結んだってどうにもならない〟

〝待っているのはさらに悲しい結末よ〟

あの時見せたサラ嬢の怒りは、寂しげで哀しそうな表情の根底は、全てはここにあったんだ。

結び直したのはきっと、幼かった彼女の精一杯だったのだろう。自分に何が出来るか一生懸命考えて、実行して、上手くいかなくて、傷付いて……諦めてしまった。

彼女は母親に責められたから家を出たんじゃない。自分のしたことに責任を感じて、もう誰も傷付けたくなくて、だから自ら家族と離れることを選んだんだ。

そんな彼女の気持ちを、キーラ様も母君も知らない。でもサラ嬢だって、キーラ様がどれだけサラ嬢を心配してるか知らないだろ？　母君があの日の言葉をどれだけ後悔してるか知らないだろ？　こんな風に、お互いに知らないことがまだまだたくさんあるはずだ。だからこそ、会う必要があると思うんだ。

「……病院には、行った方がいいと思う」

力なく呟いた俺をサラ嬢が見据える。

「別に今すぐ何か話さなくてもいいんじゃないか？　難しいことは後回しで、今はただ顔を見るだけでいいと思う。まぁその辺はなんとなく伝わるだろ。親子なんだからさ」

俺はテーブルに置いたままのカードを彼女のもとへ移動させた。

「ほら、これ」

「……いらない」

「っ！」

サラ嬢は再び否定した。ああ……これで断られたらもう為す術はない。キーラ様申し訳ありません、やはり俺では力不足でした。がっくりとうなだれる。

だが、それはどうやら俺の早とちりだったらしい。

「必要ないわ。そんな紙」

「え？」

「貴方が案内すればいいでしょう？」

「は？」

ポカンとしたのも束の間、次の瞬間には獲物を狙うライオンのような鋭い目で、サラ嬢は俺を睨み付ける。

「……貴方、さっき自分のことを関係ないなんて言うなって言ったわよね？」

「は？」

「言ったわよね？」

「……い、言いました」

「ならその責任は果たしてもらうわ……今度の休日。正午、裏門前」

「は？　ちょ、ちょっと待ってくれ。いったいどういうことだ？」

状況についていけない俺にサラ嬢はハッキリと言い放つ。

「貴方も行くのよ。病院に」

「えっ⁉」

「貴方が勝手に首を突っ込んできたんだから、これぐらいの覚悟は出来てるでしょ？　だったら貴方が病院まで案内してよ。そのカードの代わりに」

サラ嬢の細い指がテーブルの上のカードを指す。……ああ、これは冗談じゃなく本気のやつだ。

つまり、どうやったって逃げられないってことか。

「ね？」

ダメ押しの一言で状況を静かに悟った俺は、俯くように頷いた。

第四章　母との和解

　これは違う、デートじゃない。

　大事なことなのでもう一度言おう。これは違う、デートじゃない。ただの、そう、ただの付き添いなのである。

　ざわざわと妙に落ち着かない気分なのは悲しいかな、単純にこういった経験があまりないからであって、別に浮かれてるとか女性と二人だからとかそういう不純な理由ではない。

　待ち合わせの二十分前から待っているのも、女性を待たせるわけにはいかないのだから当然の行動。前回以上に目の下にくっきりと出来てしまった青紫色の隈は、親子の再会と彼女の母親の病状について考えていたらいつの間にか日が昇っていただけであって、子どもにありがちなピクニックの前の日に楽しみすぎて眠れなくなるというようなあれではない。そういうあれではないが、実を言えば非常に戸惑っている。まさか俺まで行くことになるとは思わなかったのだから当たり前だ。サラ嬢の母君とは初対面だし、緊張しないわけがない。

先日のキーラ様の呼び出しとはまた違うドキドキを味わいながら待っていると、俺の前に馬車が停まった。前に見た時と同じように、家紋も装飾もされていない、まさにお忍びといった見た目の馬車。ドアが開くと、中からサラ嬢が顔を出す。

「早いのね」

「そ、そうでもない」

一瞬、二十分も前から待っていたことがバレたのかと思って動揺してしまった。いやいや、落ち着け自分。

「そう。じゃあ乗って」

言われた通り馬車に乗り込み、向かい合わせに座る。サラ嬢は見慣れた制服姿ではなく、裾にレースがあしらわれた白いロングワンピースを着ていた。艶やかな黒髪に白がよく映えている。髪型もいつもと違い編み込みのハーフアップに纏められていて、美しさに磨きがかかっていた。黙っていれば完璧な美少女である。……鞄に飾りのように付いている小さなハサミさえなければ。

「……何よ」

「い、いや。別に」

訝しげな視線から逃げるように窓の外に目を移す。どうやら彼女のことを見すぎてしまったらしい。べ、別に見惚れていたわけではないぞ。いつもと雰囲気が違うからちょっと気になっただけで……いや、確かに服も髪も似合っているが……って、いかんいかん。余計なことは考えず、しっかり気を引き締めなければ。俺は包帯の取れた手をぎゅっと握った。

馬車の中では会話はなく、サラ嬢はいつものように本を読んでいた。この状況でよく読めるなと思っていると、ひらひらと俺の足元に何かが落ちてきた。拾い上げたそれは細長い短冊に赤い花の押し花が貼ってある手作りの栞だった。この花の名前はなんだったか忘れたが、確か学園の花壇にも咲いていた気がする。足元に落ちてきたということは間違いなくサラ嬢のものだろう。前に図書室で見たこともあるし。

「これ、落としたぞ」

「え?」

どうやら落としたことにも気付いていなかったようで、声をかけるとハッとしていた。……表には出ていないが、どうやらサラ嬢も緊張しているらしい。

「あら……ごめんなさい。ありがとう」

「その栞、いつも使ってるな。気に入ってるのか?」

栞を受け取ったサラ嬢は驚いたように目を見開くと、呟くように言った。

「……ええ。これは……私の宝物なの」

一瞬だけ優しげな笑みを浮かべると、栞を本の間に大切そうに挟んだ。サラ嬢にあんな顔をさせるとは……いったい誰に貰ったものなんだろう。栞の贈り主が気になったが、今はそれどころじゃない。馬車は小さく揺れながら、目的の場所へと進んで行く。

〝今度の休日、サラ嬢と一緒にレイラ様のいる病院に行きます〟

その手紙を出した後のキーラ様の反応は凄まじかった。「本当に!? 信じられないありがとう!! 感謝しても感謝しきれない！ 本当にありがとう！ アレックス様は神様だわ！」などという感謝の言葉がこれでもかと並ぶ手紙を毎日貰い、「何かあったらクランス家に相談しなさい。権力を使ってなんでも叶えてあげるから！」というとんでもない約束までしてもらった。侯爵夫人から そんな風に言われるなんて恐れ多い。そこまでのことはしていないのだが……キーラ様はよほど嬉しかったようだ。

馬車を降りると、お見舞いの花を買うため俺たちは病院の近くの花屋に向かった。ここは貴族に人気のお店らしく、店内は広くて花の種類も多い。建物もレンガ調でオシャレだ。お見舞いの花にどんな花を選んでいいのかさっぱり分からなかったので、俺たちは近くにいた店員さんに相談することにした。水色のエプロンが爽やかだ。

「お見舞いのお花でございますか？ それでしたら、ビタミンカラーのガーベラやピンク色のスイートピーなんかがお勧めでございまして――！」

明るい笑顔で花の紹介を始めた店員さんの話を、サラ嬢は真剣な表情で聞いている。何も持たずに行くのも申し訳ないので、俺もサラ嬢と一緒に花束を注文することにした。

全てを店員さんにお任せした俺とは違い、サラ嬢はフィルムの色やリボンの色など細かいところも相談しながら決めている。手持ち無沙汰になった俺は、注文した花束が完成するまで店内を見て回ることにした。

しかしながら、実に広い店内だ。この花屋は国内だけではなく、わざわざ外国から輸入している花もあるらしい。まぁ、確かに希少価値があるものは貴族が好みそうだしな。

花の種類が多いこともあり、店内には甘い香りや爽やかな柑橘系の香りが漂っている。不思議なことに香り同士がケンカすることはなく、逆に絶妙な香りを生み出している。まるで天然のフレグランスのようだ。

背が高くて大きな花、プランターから伸びた可憐な花、鮮やかな切花、手作りのブーケやリース、癒やしの観葉植物などが並んだブースを、一人キョロキョロしながら歩く。

うん、花はとても綺麗だ。綺麗なんだが、残念なことにひとつも名前が分からない。いや、バラぐらいはかろうじて分かるが……他はサッパリである。

そういえば、トムが昔「花に詳しい男は女の子にモテるんだって！」というよく分からない情報を鵜呑みにし、花言葉と花の種類を猛勉強していたことがあったっけ。まぁ、結果が伴わなくていつの頃からかすっかりやめていたが……。そんな心の底からどうでもいい思い出に浸っていると、ある花が目に留まった。

小さな花が集まって、丸い輪の形を作りながら咲いている可愛らしい花だ。これは……さっきサラ嬢が落とした栞に使われていた押し花と同じ花なんじゃないか？　立ち止まってじっくり観察する。……うん。たぶんそうだ。赤い色だってあるし。これはなんていう名前なのだろう。どこかに書いてたりしないだろうかとプランターを下や横から覗き込んでいると、背後から優しい口調で声をかけられた。

「何かお探しでしょうか？」

「え？　いや、その……」

俺は慌てて振り返る。背後にいたのは、先ほどとは違う女性の店員さんだった。

「プレゼント用のお花をお探しでしょうか？　何かお悩みでしたら、お気軽にご相談くださいませ！」

「あ、ありがとうございます」

キラキラの営業スマイルに背中を押されたので、俺は意を決して聞いてみることにした。

「えっと。実は、この花の名前を知りたいんですが……」

俺は指を差しながら言った。店員さんはニコリと笑って答える。

「こちらはバーベナという花です。小さな花が集まって輪のように咲く見た目も可愛らしく、女性にとても人気があるんですよ」

ああ、この花はバーベナという名前なのか。……そういえば、小さい頃家族で出かけた別荘地の近くにもたくさん咲いていたような気がする。俺はよくその森で剣の素振りなんかをしていて……あれ？　確か、そこで女の子に会ったような——。

「バーベナの花言葉には魔力、魅力というものがあります。色別では赤は団結、ピンクは家族の和合、白は私のために祈ってくださいというものがあるんですよ。ただし、紫は後悔、私はあなたに同情しますという少しネガティブな意味がありますので、贈り物には注意が必要です」

「……団結……家族の和合」

俺はその言葉が気になり、思わず繰り返す。頭の中にはサラ嬢の顔が浮かんできた。

「ええ。こうして小さな花がひとかたまりになって咲く様子から言われているみたいですよ。確かに、これだけ集まってくっついてると仲が良さそうに見えますよね！　当店では、色とりどりのバーベナをバスケットに寄せ植えしてアレンジしたものがとても人気となっております！　贈り物にもピッタリですよ！」

「な、なるほど」

「はい！　バスケットは大、中、小の三種類がありまして、色や柄はカスタマイズが可能です！　もちろん、バーベナだけではなく他の植物との組み合わせも自由となっております！」

店員さんのセールストークにたじたじになってしまった俺が愛想笑いを浮かべていると「ちょっと」という不機嫌丸出しの声が聞こえた。

振り返ると、予想通り眉間にシワを寄せたサラ嬢の姿があった。

「花束、貴方の分も完成したわよ」

「あ、ああ。分かった」

それだけ言うと、サラ嬢は入口に向かって歩き出した。俺はバーベナについて説明してくれた店員さんにお礼を言って、サラ嬢の後を追う。美しくラッピングされた花束を受け取ると、俺たちはすぐに店を出た。そのまま病院に向かって歩き出す。

花束を抱えたサラ嬢はただ真っ直ぐ前を向いていて、その横顔は今何を考えているのかまったく読み取れない。気のせいか、彼女の足取りは普段よりゆっくりしているようだった。

大きな白い建物が見え始め、徐々に近付いていく。そこで不意に彼女の足が止まった。

「どうした？」

不機嫌な顔をした彼女の細長い指が病院を差す。その先を辿って、俺は目を見開いた。彼女の指の先には、門の前に立ってあたりをあちこち見回すキーラ様の姿があったのだ。まるで、迷子の子どもでも探しているかのようにずいぶんと必死だ。……まさか今日キーラ様も来るとは。

……完全に予想外だった。思いがけない再会だが、サラ嬢は大丈夫だろうか。

チラリと横目で様子を窺うと、彼女は先ほどとまったく同じ顔をしてキーラ様を見ていた。

「……まったく。侯爵夫人ともあろう人が何をやってるのかしら」

サラ嬢は溜息をついて再び歩き出す。

コツ、コツ、コツ、コツ。

道路を叩く二人分の足音に気付いたキーラ様がハッとしてこちらを見やる。サラ嬢はキーラ様の前でピタリと歩みを止めた。緊張感に包まれたまま対峙する。キーラ様はガチガチに体を固くさせ、ぎこちない笑みを浮かべながらなんとか口を開いた。

「あ、その、サ、サ、サ、」

なんだか見てるこっちがハラハラする。頑張れ、キーラ様。

「サラちゃん！」

「……なんでしょう」

そっけないながらも返事をしてくれて安心したのか、キーラ様の体の力が少しばかり抜ける。

併せて俺の肩の力も抜けた。この再会シーンは心臓に悪すぎる。

「ええと、その、今日は来てくれてありがとう」

「……本当は来る気なんてなかったのですが、説得が鬱陶しかったので」

「あ、そ、そうよね！　しつこくてごめんなさい！」

…………沈黙が気まずい。

「あーっと、その……面会時間も限られてるみたいですし、そろそろ移動した方がいいのでは？」

なんとかこの空気を変えるべく時計を見ながら俺は言った。キーラ様は視線を俺の方に寄越すと少しだけ笑顔を見せた。

「……そうね。じゃあ行きましょうか。病室までわたくしが案内するわ」

キーラ様の後を追うように、俺たちは病室に向かって歩き出した。

一面に広がる白い壁、ツンと鼻をつく消毒液の匂い、忙《せわ》しなく動く看護師、不安気に順番を待つ待合室の患者。病院というのはどこもかしこも独特の空気に包まれている。常に〝死〟という未知の世界と隣り合わせだからだろうか。何度訪れても慣れそうにない。

「ここよ」

キーラ様に案内されて辿り着いたのは、完全個室が並んだ特別病棟だった。俺たちは入口から三番目の個室の前に立ち、無機質な白いドアをじっと見つめる。

「まずはわたくしから入るわ。いきなり二人が現れたら姉は驚くでしょうから」

そう言って控えめにノックをすると、キーラ様は白いドアをゆっくりと開けた。

「こんにちはお姉様。体調はどう？」

「まぁ。キーラったらまた来たの？　侯爵夫人なんだから忙しいでしょうに……無理して来なくてもいいのよ？」

「いつも会えないお姉様が王都にいるんですもの！　来るのは当たり前ですわ！　夫もちゃんと理解してくれてますし、無理なんてしてないので心配はいりません」

チラリと見えた室内には、ベッドの上で体を半分ほど起こした美しい女性がいた。プラチナブロンドの髪に青い目をした線の細い女性だ。おそらく彼女がサラ嬢の母君なのだろう。目元のあたりがサラ嬢とよく似ている。

「お姉様にお見舞いの品ですわ。体調が良い時にでも食べて」

「まぁ！　もしかしてこれサシェラのバタークッキー!?　これ、並ばないと買えないくらい王都で人気があるんでしょう？　一度食べてみたかったのよ。嬉しいわ、ありがとう！」

女性の声が弾む。やはり親子と言うべきか、気になっているものそれに対するリアクションも、サラ嬢とそっくりだった。

「……あら？」

嬉しそうに箱を受け取っていた女性と、俺の目がパチリと合った。彼女はにこにこと人懐こい笑みを浮かべて口を開く。

「もしかして貴方もお見舞いに来てくださったの？　でも私にこんなカッコいい男の子の知り合いなんていたかし…………え？」

彼女はサラ嬢に似た猫目を丸く開いたまま固まった。その視線はただ一点のみに注がれている。おそらく、俺の後ろに立っているサラ・クローリア嬢に。

「え？　あ……え？」

戸惑ったような声を漏らし、助けを求めるようにキョロキョロと首を動かす。長いプラチナブロンドがさらりと揺れた。

「さぁ、二人とも入って」

キーラ様に促され、俺たちは室内に足を踏み入れる。女性三人に囲まれているせいか、どことなく落ち着かない。いや、もちろんそれだけが理由ではないのだけれど。俺は二人の邪魔にならないようなるべく存在感を消して端の方に立った。キーラ様も同様だ。室内は驚くほどの静けさに包まれている。

沈黙を破ったのは、サラ嬢の母君だった。

「…………サラ、よね？」

その問いに、彼女をじっと見ていたサラ嬢は小さく頷いた。ベッドの上からひゅっと息を呑む音が聞こえる。

「あ……その。突然のことに驚いてしまって、どうしましょう。言葉が出ないわ」

レイラ様は驚いたせいかゴホゴホと咳き込んだ。すかさずキーラ様が背中をさする。

「お姉様大丈夫？」

「ええ、平気よ」

水を飲んで落ち着きを取り戻したレイラ様は存在感を消していた俺に視線を向けた。

「そちらの男性はサラの恋人かしら？」

「違うわ」

その問いにサラ嬢は即答の全否定だった。相変わらず否定するスピードが速すぎる。もう慣れたけど。……まぁいい。ちょうど俺の話が出たので挨拶させてもらおう。

「初めまして。ヒューバート伯爵家次男、アレックス・ヒューバートと申します。サラ・クローリア嬢とは学園の同級生で仲良くさせていただいております。本日は先触れもなく突然来てしまって大変申し訳ございません」

「まぁ、ヒューバート家の」

「こちら細《ささ》やかですが、良かったらどうぞ」

俺は先ほど買ってきた二つの花束を手渡す。花束のひとつは本来サラ嬢が渡すべきなのだが、あろうことか彼女はここに来る直前になって「これ貴方が渡して」と無理やり俺にその役目を押し付けてきたのだ。「君がやるべきだ」「嫌よ」という押し問答の末、仕方なくこちらが折れたのだが、こういうのはやはり娘から貰った方が嬉しいんじゃないだろうか。サラ嬢の押しに負け、役目を引き受けてしまったことを少しばかり後悔した。

「サラの…………いえ、レイラ・クローリアですわ。綺麗な花束をありがとう。とても嬉しいわ」

不自然なところで切られた言葉。その後に続くのはおそらく〝母です〟だったのだろう。普通ならすんなりと言えるその言葉。彼女はそのたった一言を躊躇ったのだ。心の距離、確執というものを間近で感じて胸が痛くなった。

「わたくし、花瓶の水を替えてくるわね」

キーラ様は嬉しそうに花束を眺めているレイラ様に告げると、花瓶を持って部屋を出て行った。

室内に残ったのは俺たち三人。

…………しまった。

俺もキーラ様と一緒に出て行けば良かった。そうすれば自然と二人になれたのに。トム並みに空気が読めていないじゃないか。

「……良かったら座って?」

レイラ様は遠慮がちに近くにあった椅子を指差す。サラ嬢は言われるままに腰を下ろした。すっかり出るタイミングを失ってしまった俺も仕方なく着席する。なるべく邪魔にならないよう、サラ嬢とは少し距離を空けて座った。

ベッドの上でぎこちなく微笑むレイラ様の腕は細くて白い。

そして――彼女の小指にはすっかりボロボロになった赤い糸が今でもぽつんと残っていた。

色は汚れていて、赤というよりは焦げ茶色に近い。それでもまだああして小指に残っているということは、出て行った旦那さんのことをまだ想っているのだろうか。そう考えるとなんだか切ない。サラ嬢も見えているのだろうが何も言わなかった。……いや、言えないのだろう。

「……ええと、その。これ、キーラが買ってきてくれたんだけど食べる？　サシェラっていうお店のクッキーですって。あ、サシェラって知ってる？　今王都で人気のお店なの。領地にいる頃から話題になっていたから一度は食べてみたかったんだけど、なかなか買いに行く機会がなくて。何時間も並ばなきゃ買えないんですって。すごいわよね」

レイラ様の口は不自然なほどぺらぺら回った。初対面だからなんとも言えないけれど、これはおそらく緊張しているせいだろう。きっと、何か話してないと不安なのだ。

「……体調はどうなの」

レイラ様の話が一区切りしたところで、サラ嬢がぽつりと言った。

「え、あ、元気よ？」

「……それならどうして入院してるのよ」

サラ嬢のツッコミは正論である。レイラ様は儚げな印象だったが、なかなかユーモアのセンスがある人らしい。

「たくさん検査したけど異常はないって。みんな大袈裟なのよ。少し休めばすぐに元気になるわ」

「そう」

「そうよ。それより……貴女がお見舞いに来てくれたことの方が驚いたわ。正直、もう二度と会えない覚悟もしていた、から……」

サラ嬢は椅子に座ったまま微動だにしない。凛とした表情を一切崩さない。

「……………ごめんなさい」

レイラ様の口から、謝罪の言葉がこぼれ落ちた。

「お父様のこと……全部貴女のせいにしてごめんなさい。悪いのはあの人と私なのに、それなのに私は一方的にサラを責めて逃げた。貴女はあの人に言われ、私のことを思って行動した。それだけなのに」

瞳から音もなく流れ落ちた滴《しずく》は頬を伝い、そのまま布団に小さく滲んでいく。

「私は事実を認めることが怖かったの。あの人に愛されていないという現実と向き合う勇気がなかったの。だから私は愚かにも貴女の力を否定した。巫女様の力が発現して戸惑っていた貴女を突き放してしまった。サラの方が私の何倍も苦しくて傷付いていたのに、そのことに気付きもしなかった。最低だわ……母親失格よね。守らなきゃいけない存在を自ら傷付けるなんて。キーラとの関係も悪くさせちゃったし、私と関わりたくないって思われても仕方ないわよね。いまさら何言っても許してもらえないだろうけど、いいえ、本当なら謝ることさえ許されないのは分かっているけど……それでも、ずっと謝りたかったの」

レイラ様は潤んだ青い目でサラ嬢を見つめる。

「謝らなくてもいいわ。逃げてたのはお互い様だしね。それに……元はと言えば私にこんな力があるのが悪いのよ。問題ばかり起こして……うんざりだわ」

「いいえ。それは違うわ！」

今までとは違い、力強くレイラ様は言った。

「聞いて、サラ。貴女の力は本当に素晴らしいわ。貴女は赤い糸を切ることで何人もの悩める女性を救ってきたの。……今考えれば、どうしてあんな不誠実な男のことが好きだったのか疑問だらけなの。私もその一人よ。恋は盲目って本当ね。だけど今は。あの人と離れてからは心が落ち着いて、穏やかな気持ちで過ごせるようになったの。好きだっていう気持ちが完全に消えたわけじゃないけど、焦がれるような想いはもうないわ。苦しみから解放されたのね。貴女に背中を押されて一歩を踏み出せた女性はたくさんいるの。みんな貴女に、貴女のその力に感謝してるのよ。だから、だから、自分を悪く言わないで」

「………っ」

「ごめんなさいっ……本当に。私が弱くて、貴女を傷付けてごめんなさいっ」

「……お、母さま」

「……許してくれなくてもいいわ。だけどこれだけは信じて。たとえサラが私を恨んでいても、嫌っていても、私はサラを愛しているわ。生まれた時から、今でも。そしてこれからも、ずっとね」

静かな涙は次々に布団に染みを残していく。サラ嬢は小さく息を吸うと、震える声で言った。

「あの頃の私はただ……お母様を助けたかったの。だから恨んだことも嫌いになったこともないわ。むしろ私がそう思われていたと……」

「大事な娘にそんなこと思うはずないじゃない！」

「っ！　……でも……悪いのは無神経だった私。他人の気持ちを考えず、みんなを傷付けてしまった子どもの私なの。だから、私も………今まで本当にごめんなさい」

「サラ……」

サラ嬢は立ち上がり、ベッドに近付く。彼女の瞳にも堪えきれない涙が浮かんでいた。二人はお互いの手にゆっくりと触れる。

「ありがとうサラ。本当にありがとう……ごめんなさい」

室内には二人の泣き声が静かに響いていた。

……さて。これ以上の会話は他人の俺が聞いてはいけないな。明らかに場違いな俺は、こっそり病室を抜け出した。

冷たい廊下を歩いていると、花瓶を手に持ったままぼんやりと椅子に座るキーラ様を見つけた。

「キーラ様」

「……あら。見つかっちゃった」

声をかけるとキーラ様は力なく笑った。

「病室に戻らないんですか？」

「……ええ。もう少し二人にしてあげようかと思って」

やはり。あの時キーラ様は気を遣ってわざと病室を出て行ったのだ。俺もついていけば良かった。本当に空気読めてないな、俺。キーラ様は花瓶を椅子の上に置くと、すっと立ち上がる。

「あの二人の様子は……どう？」

「どうにか和解出来たみたいですよ。今は親子二人で話してると思います」

「……っ！　そう！　そうなの！　それは良かったわ！　本当に！」

キーラ様は胸の前で手を合わせると、パッと明るい笑顔になった。

「アレックス様、今日は本当にありがとうございました。サラを連れてきてくれて。貴方には本当に感謝してるわ。この通り」

キーラ様はそう言って深々と頭を下げた。

「いやいやそんな！　あ、頭を上げてください！」

何度言ってもキーラ様はなかなか顔を上げない。それどころか、その状態から動こうとしなかった。

「…………キーラ様？」

さすがに不思議に思って声をかけるとキーラ様は両手で口元を覆った。その瞳からはぽろぽろと涙が溢れている。

「……よ、かった。サラが、お姉様とまた話をしてくれて」

小さな声がぽつりと響く。

「良かった。サラがわたくしたちと会ってくれて。わたくし、本当は怖かったの。このままサラと離れていくことが……だから、チャンスを与えてくださったアレックス様には本当に感謝してるのよ」

「いえ……俺は何も出来ませんでした。だからそんなに感謝されても困ってしまいます」

「そんなことないわ。貴方がいなかったらサラはわたくしたちに絶対に会ってくれなかった。それどころか話も聞いてくれなかったもの。だから、ありがとう」

そこまで言って再び涙をこぼす。

……女性の涙は苦手だ。泣いている女性をどう扱ったらいいか全然分からない。もっとスマートに慰められたらいいのだろうけど、あいにくそんな上等スキルは持ち合わせていないのだ。

「……また」

「え？」

「……また、昔みたいに話してくれるかしら。キーラ叔母様って呼んで一緒にお茶を飲んでくれるかしら」

「大丈夫じゃないでしょうか。俺が言うのもアレですけど……クローリア家の皆さんは極度のコミュニケーション不足だと思うので、まずは話し合いから始めた方がいいと思います。呼び方は……叔母の特権を使って強制的に呼ばせてみては？　縦社会である貴族の基本ですよ」

「ふふふ、そうね」

キーラ様は笑った。そのことに俺は少しほっとする。

「これはわたくしのエゴなのかもしれないけど……焦らずゆっくり、少しずつでも、家族の時間を取り戻せたらなって思ってるの」

「サラ嬢もきっとそう思ってますよ」

「そうかしら？　そうだといいわね。……あ、そうだ！　お姉様が退院したらみんなで領地に遊びに行きましょう。もちろんサラも誘って」

「そうですね……退院したら、ぜひ」

「ふふっ、約束よ？」

キーラ様はじっと俺を見つめる。

「巫女様の血も引いていない貴方にどうして運命の赤い糸が見えるのかしらって、ずっと不思議に思っていたのだけれど……今日、なんとなく分かったわ。きっと貴方は選ばれた人なのね」

その言葉に、俺は驚いて目を丸くする。選ばれた人……？　いったい誰に？

「じゃあ、そろそろわたくしも病室に戻るわね。早く行かないと花瓶の水替えにいつまでかかってるのって怒られちゃうから」

含み笑いを隠さないキーラ様は花瓶を両手に持つと、静かに病室の方へと歩き出した。その背中は自信を取り戻したようにピシッと伸びている。

一人きりになった俺は長椅子の背もたれに寄りかかり、真っ白な天井を見上げた。そこに右手をかざしてみる。

小指から中途半端に伸びた赤い糸は、少しずつだが着実にその距離を伸ばしていた。サラ嬢にハサミでバッサリと切られた、あの赤い糸だ。

その先にいる人物はいったい誰なのだろう。

知りたいような、知りたくないような。もう知っているような、まだ知らないような。……もう少しだけ、気付かないふりを続けたいような。

よく分からない感情の糸がぐるぐると巻き付いて、身体中を拘束されているような気分だ。

「ねぇ、ちょっと」

聞き慣れた声のする方へ顔を向ける。すると、腕組みをしながらこちらを睨むように見ているサラ嬢の姿が目に入った。俺は思わず立ち上がる。

「なんで先に行くのよ。おかげで部屋を出るタイミング逃しちゃったじゃない」

「いや、親子の再会に水を差すのも悪いかと思って」

「冗談じゃないわ。あの人泣きっぱなしで大変だったんだから」

そういうサラ嬢の目元もわずかだが赤くなっている。しかし、彼女の顔はどこかスッキリしたような表情だった。

「ちゃんと話せたか？」

「……分からないわ。私……ちゃんと話せたのかしら。言いたいことの半分も言えなかった気がする」

「そうか。でもまぁいいじゃないか。話せる時間はこれからたくさんあるんだから」

「そう……かしら」

「そうだろ。王都にいる間は毎日お見舞いに来ればいいし、退院して領地に戻ったら手紙を書けばいい。今までだって向こうからは届いてたんだろう？」

「まぁ、たまにね」

サラ嬢はふぅ、と息を吐いて組んでいた腕を下ろす。

「あの人の糸、見えた？」

「……ああ」

「ボロボロでだいぶ短くなってたわね」

「……ああ」

俺は静かに相槌を打つ。

「私……これでもね。あの頃は父の言う通り、糸を切れば本気で母を救えると思ってたの。父から愛が返ってくることはないって分かっているのに、毎日毎日貼り付けた笑みを浮かべて。一人になると父を想って泣いて。そんな苦しみから解放させたかった。そして、私ならそれが出来ると思ってた」

独り言のように呟いていく言葉を、俺は黙って聞いていた。

「でも、私がやったことは逆効果だった。報われない愛《それ》をなくして、もっと辛くなるだなんて思いもしなかった。子どもだったのね。人の心を理解してなかった。……それは今もだけど」

サラ嬢が俺を見上げる。

「だけど今日、母と話して、あの頃とは違う生き生きとした顔を見て。私のやったことは無駄じゃなかったのかもしれないと思えたわ。……ねぇ、ヒューバート様」

「なんだ？」

「ここに連れて来てくれて……ありがとう」

サラ嬢は照れたように小さな声で言った。子どもの頃のサラ嬢の気持ちを考えると、なんだか胸が詰まって息苦しい。俺は彼女にそっと近付く。

「……よく、頑張ったな」

「え？」

涙の跡をそっとなぞって、頬に手を添える。

「サラ嬢は今までよく頑張った。ずっと一人で抱え込んで、辛かっただろう？」

そう問えば、大きく見開いた瞳にじわり、じわりと涙が溜まっていく。

……ああ、やっぱり女性の涙は苦手だ。

だけど、さっきキーラ様に抱いた感情とは別の感情が湧き上がってくる。俺はサラ嬢の頭を引き寄せ、胸元に押し付けた。華奢な肩が小さく震えている。

「……どうか泣き止んでくれ。君の泣いている姿を見てるとこっちまで苦しくなる」

「あ……貴方が泣かせるようなこと言うからでしょ。せっかく止まったのに」

「それは悪かった」

「全然悪いと思ってないくせに」

「うーん、そうだなぁ。じゃあ、泣かせたお詫びに今度花を贈ろう。実は、さっきの店でいいのを見つけたんだ。ほら、サラ嬢が大事にしてる栞の……バーベナだったか？」

「……いらないわよ」

「遠慮するな」

「遠慮なんてしてないわ」

「ははっ。君はこんな時でも素直じゃないな」

「ほっといて」

鼻声のサラ嬢の頭を撫でながら、小さく笑う。

これはすぐにでも花屋に向かわなければな、と俺は密かに決意した。

１０７号室。殺風景な寮の自室で一際目立つのは、赤、白、ピンクのバーベナが寄せ植えされた小さなバスケット。

先日、アレックス・ヒューバートの名前で届けられたものだ。確かにこの間そんな話をしていたけれど、まさか本当に届くとは思っていなかったからとても驚いた。

あの日——母に会うのはとても怖かった。だって、ずっと恨まれていると思っていたから。私と会うことによってあの頃の気持ちを思い出し、また傷付けてしまうと思っていたから。

だけどヒューバート様の半ば強引な言動に後押しされて、ようやく会う覚悟を決めた。まぁ……彼を巻き込む形になってしまったけど、それは仕方ないだろう。自分の発言にはきちんと責任取ってもらわなくちゃね。

◆

——数年ぶりに会った母は、体調不良のせいかあの頃よりもずっと痩せていた。でも、ピリピリしていた雰囲気は丸くなり、あの頃よりもずっと落ち着いているようだった。そのことにほっと胸を撫で下ろす。

移動中も花を選んでいる間も実はずっと緊張していたのだけれど、不思議なことに会ってみればその緊張も和らいだ。

母の小指にわずかに残っていた赤い糸は、短くてボロボロになっていた。それを見て、私は少し驚いてしまった。だって、執着するように父に伸びていたあの糸がこんな風に……なくなりそうになるなんて、あの頃の私には想像がつかなかったから。病室で言っていた通り、母はもうだいぶ吹っ切れているのだろう。

私も、父に関して今はなんの感情も抱いていない。当時は子どもながらに、裏切られたというショックや悲しみがあったけれど、そんな感情はいつの間にか薄れていった。正直言って、今では顔も思い出せないくらいになっている。好きの反対は無関心だ、という言葉を聞いたことがあるけれど、本当にその通りだと思う。父には、興味も関心もない。

だけど、母から謝られた時はとても驚いたし、困惑した。私は成長するにつれ母の苦しみを知り、自分の罪を思い知ったから。だから、恨み言は言われても謝られるとは思っていなかったのだ。そして、この母からの謝罪によって、母もずっと私と同じように思い悩んでいたことを初めて知った。

私の瞳からは涙が溢れ、自然と謝罪の言葉を口にしていた。

……この時になって、私は自分の気持ちにようやく気付いた。本当はずっとお母様たちと話がしたかったのだと。ずっとずっと謝りたかったのだと。家族として、もっと仲良くしたかったのだと。

私たちはしばらくの間泣きながら謝り合った。涙でぐちゃぐちゃになった顔にお互いが気付いて思わず笑ってしまうまで、ずっと。

あの日、短い時間ではあったけど母と話が出来て良かったと思う。

母と叔母と和解出来たのは、間違いなくヒューバート様のおかげだ。彼の熱心な説得がなければ、私はずっとこの問題から逃げ続けていたに違いない。

……どうして彼は今も昔も私の心を救ってくれるのだろう。彼の一言は、糸が絡まって雁字搦《がんじがら》めになった私の心を、一本ずつ丁寧に解いてくれるかのようだ。心臓のあたりがきゅっと痛む。

というか、彼の胸で泣きじゃくるなんてとんでもない失態だ。いまさらながら羞恥心に襲われる。次に会う時、いったいどんな顔して会えばいいのかしら。私ははぁ〜と深く溜息をつく。

……でも。私の頭をそっと撫でる感触も、あの腕の温もりもまだしっかりと覚えている。見た目よりがっしりした体もシトラスのような爽やかな香りも……ああ、ダメだわ。思い出すだけで恥ずかしい。誤魔化すように、私はバーベナの輪になった花のひとつをツン、とつつく。あの栞の花に気付いてわざわざバーベナを選んでくれるなんて……どうしましょう。嬉しいわ。頬がほんのりと熱くなる。

そういえば、キーラ叔母様からヒューバート様に伝言を頼まれていたんだった。今度お母様が退院するっていう話。彼もお見舞いに来てくれたからちゃんと伝えてね、と。いつもだったら第二図書室で会った時に伝えるけど……確か騎士科の公開訓練が近かったわよね？　伝えるついでにその公開訓練を見に行こうかしら。実はずっと見に行ってみたかったんだけど、ヒューバート様とも他の人ともなるべく関わらないようにしていたから一度も行ったことないのよね。たまに中庭で自主練しているヒューバート様の姿は図書室の窓からこっそり見たことがあるけど……うん。思い切って行ってみよう。伝言のついでだもの。ついでならしょうがないわよね。叔母様に頼まれたんだから。まるで自分に言い聞かせるようにしながら、うんうんと頷いた。初めて見る公開訓練、楽しみだわ。

自室の窓を少しだけ開けて、空を見上げる。

……最近は物事が上手くいきすぎている気がして、なんだか怖い。そのうち何か大きな不幸が起こりそうで不安だわ。何事もなければいいけど……。

——だけど、こういう悪い予感ほどよく当たるものなのだ。

第五章　運命の赤い糸

何かが起きるのはいつも突然だ。

騎士科の公開訓練。今日は剣の腕を競う試合形式で行われた。何組かのグループに分かれ、総当たり戦で各自の成績、つまりいくつ勝ったかが記録され成績に反映される。結果はもちろん将来に影響するので、みんないつも以上に真剣に取り組むのだ。

そして、この試合を楽しみにしている他科の生徒、特にご令嬢方は多く、訓練場には今日もたくさんのギャラリーが集まっていた。もちろん常連のマリア嬢も来ていて、熱い眼差しでレガリオ隊長を見つめていた。婚約者や恋人が見に来ている奴もいて、彼らは彼女に良いところを見せようと気合いが入っていた。まぁ、俺はそんな奴らをこてんぱんにして見事に勝利をもぎ取ったわけだが、これは訓練に真剣に取り組んだ結果である。決して嫉妬なんかではない。訓練が終わった今はタオルや飲み物の差し入れを渡され、慰められたり頑張りを労われている姿がチラホラと見えるが……羨ましくなんかないぞ。決して。

「アレックス・ヒューバート様」

ご令嬢に囲まれている奴らの姿を睨むように見ていると、この場では絶対に聞くことがないはずの声が俺の名を呼んだ。サラ・クローリア嬢の声だ。

人前には滅多に現れることのないサラ・クローリア嬢の登場に、周囲はどよめいた。俺たちに流れる噂のせいもあり、視線が一気に集中する。彼女はこういう目立つようなことが嫌いなはずなのに、どういう風の吹き回しだ？

俺と目が合うとサラ嬢はちょいちょいと手招きをして訓練場の隅へと呼んだ。彼女にしては珍しく、周りのことはあまり気にしていないようだった。

「……どうしたんだ？」

この場にいる全員の視線を背中にひしひしと感じながら、俺は小声で言った。サラ嬢も声を落として続ける。

「……退院が決まったの」

「え？」

「あの人の……お母様の退院が決まったの」

「お？　おお!!　それは良かった！　おめでとう」

サラ嬢はこくりと頷いた。

「キーラ叔母様に、貴方にも伝えてって言われたから。用事はそれだけよ」

「そうか、ありがとう。でもわざわざこんなところに来なくても図書室で言ってくれれば良かったのに。だって、サラ嬢は目立つの嫌いだろう？」

思ったことを素直に言えば、なぜかギロリと睨まれた。

「な、なんだ？」

「……別に。なんでもないわ」

心なしか不機嫌になった気がする。しかし、呆れたように息をつくとすぐにいつもの表情になった。

「公開訓練には初めて来たけど、なかなか見応えがあって面白かったわ。それに貴方、見かけによらず結構強いのね」

珍しく褒めてくれたかと思えば、余計な一言のせいで素直に喜べない。……いや、まぁ嬉しいけれど。

そんな軽口を叩いていると、背後から突然「キャー！」「本当ですの!?」「おめでとうございます！」「お似合いですわ！」というご令嬢方の黄色い歓声が上がった。何かあったのだろうかと振り向くと、生徒に囲まれたエマ先生とレガリオ隊長の姿があった。二人は照れながらも、幸せそうな笑みを浮かべている。その様子を見てハッとした。もしかして、その時が来てしまったんだろうか。そんな、まさか。

「エマ先生、レガリオ第三隊長様、ご婚約おめでとうございます!!」

俺の予想を決定付ける、ご令嬢の甲高い声が響いた。やはり二人の婚約が発表されたらしい。

俺はすぐにマリア嬢の姿を探した。彼女は祝福を述べる輪から外れ、二人を見ながら呆然と立ち尽くしている。顔色は悪く、今にも泣き出しそうなのを必死に我慢しているようだった。声をかけることも駆け寄ることも憚《はばか》られ、俺はその様子を見ていることしか出来ない。

公開訓練は放課後に行われたこともあり、人の波はどんどん引いていった。気が付けば、この場に残っていたのは俺とサラ嬢だけだった。

「マリア様なら裏庭に向かったわよ」

「…………」

「行けば？　傷心してる女の子は優しさに弱いのよ」

「…………」

「ちょっと、聞いてる？」

何も言わない俺に痺れを切らしたのか、いつも以上に眉間に力を入れた険しい顔で語気を強める。

「彼女を一人で泣かせてていいわけ？」

俺は黙ったまま顔を上げ、サラ嬢と向き合った。お互い相手の目を真っ直ぐ見据えている。そのまま動こうとしない俺が不思議なのか、サラ嬢は首を傾げた。

「どうしたの？　早く行きなさいよ」

「……なんで何も言わないんだ？」

俺は静かな声で言った。今度はサラ嬢が黙り込む番だった。

「確かに俺はマリア嬢に惹かれていた。でもそれはただの憧れで、恋愛感情とは別だったってことに気付いたんだ」

その証拠に、俺の糸は切られてから再び彼女に伸びることはなかった。つまり、俺の気持ちはその程度だったということだろう。

彼女は運命の相手ではなかったのだ。俺の、俺の赤い糸の先は——。

「見えてるだろう？　俺の糸が」

「…………」

「俺の糸が今誰に向かって伸びてるのか」

サラ嬢は何も答えない。ただ、さっきと同じように首を傾げながら、俺を見ていた。

「俺は……俺は、サラ嬢のことが、」

「早く行かないと誰かに取られちゃうわよ。マリア様は人気のご令嬢だもの」

サラ嬢は俺の言葉を遮るように、抑揚のない声で言った。俺から視線を外して、ゆっくりと下を向く。

「それに」

小さな声で、でもはっきりとした口調で、誰かに言い聞かせるようにサラ嬢は続ける。

「私といたって、貴方は幸せになれないわ」

「そんなことない！　……俺は俺はっ！」

「貴方なら分かるでしょう？　一緒にいたら私はまた誰かを……貴方のことを傷付けてしまうわ」

サラ嬢はいつか見たように寂しげに笑うと、制服のポケットからあのハサミを取り出した。銀色に輝く、小さなハサミを。

「……サラ嬢？」

一歩、また一歩とサラ嬢は近付いてくる。

「待て、何をする気だ」

「貴方と過ごす時間は嫌いじゃなかったわ」

俺の声を無視して、サラ嬢は俺から伸びた糸の、ちょうど真ん中あたりを左手の親指と中指で引っ張った。彼女がこれからすることは簡単に予測出来る。見えるだけで触ることの出来ない役立たずの俺は必死に叫んだ。

「サラ嬢！　やめろ！」

「今までありがとう。色々なことに付き合わせちゃってごめんなさいね。貴方には本当に感謝してるわ」

「おい！　やめろって！」

「貴方は貴方の本当に好きな人と幸せになって」

「話を聞け！　サラ嬢！」

「それが私の願いなの。だからどうか、幸せに」

右手に持ったハサミの刃を、引っ張った糸の部分にゆっくりと近付ける。

「……ごめんなさい」

「っ！　サラ!!」


〝さようなら。アレックス・ヒューバート様〟

あの時と同じように厭な金属音が耳を貫いた。痛みはないはずなのに胸が引き裂かれたように痛い。うるさかった鼓動の音がしんと静まり返り、熱かった体が一気に冷えていく。周りの音が聞こえない。呼吸が、苦しい。

サラ嬢の言葉を最後に、俺の視界は真っ暗闇に包まれた。

意識が落ちる寸前、ほんの一瞬だけ見えたサラ嬢の瞳に涙が浮かんでいたように見えたのは俺の願望が見せた錯覚だったのだろうか。


ふと気が付くと、俺の目の前には小さく肩を震わせて涙を流しているマリア嬢がいた。時々聞こえてくる嗚咽が胸を締め付けるように苦しい。

「……マリア嬢」

躊躇いがちに名前を呼ぶと、震えていた華奢な肩がピクリと跳ねる。

「ア……レックス……さま？」

おそるおそる振り返ったマリア嬢の瞳からは、次から次へと雫が溢れて彼女の柔らかそうな頬を濡らす。俺はその涙を拭おうと、その頬にそっと手を伸ばす――が、その手は触れる寸前でピタリと止まった。代わりに、俺はポケットから白いハンカチを取り出してマリア嬢に差し出した。

「……これ、良かったら使ってくれ」

マリア嬢はひくひくと声をもらしながら、差し出されたハンカチに手を伸ばす。そのハンカチをぎゅっと握ると、小さく掠れた声で「……あ、りがとう」と呟いた。その声を聞いてますます胸が苦しくなる。でも――。

なんで俺、今ここに来たんだっけ。

なんで俺、マリア嬢のこと慰めてるんだっけ。

なんで俺、こんなに泣きそうになってるんだっけ。

なんだか記憶が曖昧でよく思い出せない。頭に深い霧がかかっているようにぼうっとする。

ただ、どうしてだろう。俺は大事な何かを失った気がして仕方ない。こう、心にぽっかりと大穴が空いたような喪失感が押し寄せて、呼吸をするのも苦しいんだ。でも、理由を思い出そうとするたび胸の痛みが邪魔をする。

なぁ、誰か教えてくれ。この感情をなんて呼んだらいいんだよ。

なぁ、誰でもいいから答えてくれよ。頼むから……。


ぼんやりと空を見上げる。

俺の心情とは裏腹に雲ひとつない快晴だ。ただし、空中には赤い糸が何本も伸びているため、スッキリとした青い空は見えなかった。赤の自己主張が強すぎる。

「大丈夫か？」

授業中も上の空で溜息ばかりの俺を不審に思ったのか、トムが心配そうに問いかけてくる。

「……ああ」

俺の生返事が気に入らないようで、トムの眉間にぐっとシワが寄った。

「お前何かあったのか？　ここ最近ぼーっとして元気ないし」

「別に。ちょっと気分が落ちてるだけだ」

「でも──」

「……悪いトム。今から行くところがあるんだ。話ならまた後でな」

「おい、アル！」

心配そうなトムの顔を見て見ぬふりして席を立つ。放課後になった今、本当はどこにも行く予定なんてないが、気分転換も兼ねて街に行くことにした。剣の手入れを頼みたかったし、ちょうどいい。幸い、外出許可はすぐに下りた。ざわざわとした喧騒の中を歩くと、少しばかり気が紛れた。

──あの瞬間を、まだ覚えている。

一時的な混乱で曖昧になったとはいえ、記憶がなくなったわけではない。彼女に糸を切られた時のことはちゃんと覚えている。切られた瞬間、ガラス玉を高いところから落として粉々にしたような衝撃を受けた。まるで心が空っぽになったみたいだった。前に切られた時はこんな感覚しなかったのに……これは、俺の気持ちの変化が影響しているのだろうか。

「あら、アレックス様じゃなくて？」

声と同時に近くで馬車が停まる。開いた窓から顔を出したのはキーラ様だった。キーラ様は一緒に乗っていた侍女に一言告げると、馬車を降りて俺の前に立った。

「こんなところで奇遇ね！」

「そうですね」

「わたくしはお見舞いの帰りなの。お姉様の退院準備で忙しくて」

「ええ、聞きました。おめでとうございます」

「サラ、ちゃんと貴方に伝えてくれたのね。良かったわ！」

キーラ様はにこにこと笑顔を見せる。

「実はね、サラもあの後一度だけお見舞いに来たのよ。お姉様ともちょっとだけ話してたわ。なんでも今読んでる本が同じとかで」

どうやら彼女の読書好きは母親譲りのようだ。図書室で本を読むサラ嬢の姿を思い出すと、胸がツキンと痛んだ。

「それでね、その時サラの本に挟まってた栞を見たんだけどね、知ってる？　ほら、赤い花の。

あの子まだアレ使ってたのね。わたくしびっくりしちゃったわ」

俺の頭に、赤い花の栞が浮かぶ。

「あの栞、知ってるんですか？」

「もちろん。だってアレを作ったのはわたくしだもの！」

俺は驚いて目を丸くした。

「ふふっ。サラが小さい時の話なんだけどね、お茶を飲んでいたわたくしのもとに走って来たと思えば、赤いバーベナの花を一輪差し出してきてね。この花を枯らせたくないんだけどどうすればいい？　って聞いてきたの。なんでも、森の中で会った男の子に貰ったんですって。お守りにして持ち歩きたいって言うから押し花にして栞を作ってあげたのよ。それなら花も長持ちするし、一石二鳥でしょ？　でもまさか今でも使ってるとは思わなかったわ。とっても大事なものなのね」

女の子……森の中……赤いバーベナ……。その単語を聞いて、俺は小さい頃に森の中で会った一人の少女の姿を思い出した。ざわざわと胸が騒ぎ出す。いや、落ち着け。でもあの女の子の髪は確かプラチナブロンドだったはずだ。黒髪じゃない。それでもなぜか確かめずにはいられなくて、俺は口を開いた。

「あの……サラ嬢の髪の色って昔から黒色なんですか？」

「髪の色？　ああ……そうよね、お姉様ともわたくしとも違うから気になるわよね」

キーラ様は一人納得したように頷く。

「実はね、あの子も最初はわたくしたちと同じプラチナブロンドだったの。でも、力が発現してから徐々に黒く染まっていったわ。おそらく巫女様の血が関係してるんでしょうね。東の国では黒髪が多いみたいだから」

俺はひゅ、と息を呑んだ。

「瞳の色も赤いでしょう？　巫女様の力を受け継いだ子はみんな赤い瞳を持って生まれてくるのよ」

もしかして彼女は気付いていていたんじゃないだろうか。俺が、森で会った少年だということに。もしそうだとしたら、俺は――。

「お話し中申し訳ございませんが、キーラ様、そろそろ……」

後ろに控えていた侍女がおずおずと申し出ると、キーラ様はハッとして返事をした。

「ごめんなさい、今行くわ。それじゃあアレックス様、今度またゆっくりお茶でもしましょう！　領地に遊びに行く約束も忘れないでね！」

慌ただしく去っていく馬車を見送って、俺は片手で口元を覆った。

そうか……そうだったのか。今の話を聞いて、ようやく色々なことが繋がった気がする。俺は頭の中を整理しながら、学園へと踵を返した。

「アレックス様」

学園へ戻ると、意外な人物が俺を待っていた。……マリア嬢だ。

彼女はあの日の翌日から授業を休んでいると聞いていた。体調不良で、ということらしいが、原因がレガリオ隊長の婚約なのは言うまでもない。俺の前でもたくさん涙を流していた。心に傷が付き、精神的にも疲れてしまったのだろう。少しゆっくり休んでほしいと思っていたのだが、もう出てきても大丈夫なのだろうか。

「アレックス様、先日はありがとうございました。お借りしたハンカチは汚してしまったので、新しいハンカチとそのお礼です」

そう言って、小さな袋を渡された。

「お礼なんて良かったのに……かえって気を遣わせてしまったようで申し訳ない」

「いいえ。あの時は本当にありがとうございました」

マリア嬢のその目はまだ若干腫れていたが、気丈にも笑顔を浮かべていた。

「マリア嬢……その、大丈夫か？」

「ふふっ。やっぱりアレックス様には私の気持ちがバレてたんですね。だからあの時も追いかけてきてくださった」

「……すまない」

「謝らないでください。それに……いつかこんな日が来ることは分かっていたんです。今はまだ辛いですが、泣いたらだいぶスッキリしましたわ」

空元気なのは丸分かりだが、俺はあえて気付かないふりをする。

「これでようやく長い片想いに決着がついたわ。……レガリオ様にはね、昔、街で知らない男性に連れ去られそうになっていたところを助けていただいたことがあって。もちろん、あの方は仕事を全うしただけっていうのは分かってるけど、その時からずっとお慕いしていたの。あの時の勇姿がカッコ良くてどうにも忘れられなくて……気持ちは誰にも言ったことはなかったけれどね」

そう言って、小さな溜息をついたマリア嬢は当時を懐かしむように笑った。

「街で巡回中の姿をこっそり見に行ったり、騎士団に直接差し入れに行ったこともあるのよ？学園に派遣される騎士の一人にレガリオ様がいるって知った時は嬉しくって。公開訓練の時は必ず見学に行ったわ。だからアレックス様にもバレちゃったのかしらね」

「……隊長のことを熱心に見つめていることには気付いていたよ」

「まぁ！　そうでしたの。やっぱり私、分かりやすかったのね」

苦笑いを浮かべたまま続けた。

「本当はどこかで分かっていたの。私のような子ども、あの方が相手にするはずがないって。あんな素敵な人に婚約者がいないはずないって。だけど正式な発表はなかったから。せめてその間だけでもって夢を見ていたの。でも……現実逃避ももう終わり。私も婚約者探しに本腰を入れるわ。あれだけお似合いの二人を見せつけられたら諦めるしかないもの」

「……マリア嬢は強いな」

「いいえ。強がってるだけですわ」

マリア嬢は失恋を乗り越え、確実に前を向いている。ならば、俺も覚悟を決めよう。軽く深呼吸をして、俺は口を開いた。

「突然すまない。急にこんなことを言われても困るだろうけど……マリア嬢。実は俺、最近まで貴女に惹かれていたんだ」

「……え？」

「いつも騎士科の訓練を見に来ていただろう？　そのたび貴女のことを意識していた。笑顔が素敵だなぁといつも思っていたよ」

マリア嬢が口元に手を当て「まぁ」と驚きの声を上げた。

「それは驚きですわ。ちっとも気付きませんでしたもの。でも、今は違うのでしょう？」

マリア嬢は俺の気持ちを見透かしているようだった。

「……ああ。自己満足の告白で申し訳ない。だが、貴女が素敵な女性なのは本当だ。これから先、貴女だけを想い、貴女を幸せにしてくれる男性が絶対に現れるはずだ」

そう言うと、なぜかマリア嬢はクスクスと笑いながら口を開いた。

「過去形で告白されたのは初めてですわ。なんだか二度失恋した気分」

「す、すまない！」

「ふふっ、冗談です。アレックス様のお気持ちがどこにあるのかは、分かっておりますから」

なんとなく気恥ずかしくて、俺は斜めに視線を逸らす。

「ありがとうございます、アレックス様。お二人の幸せを願っていますわ」

マリア嬢はそう言って優しく微笑んだ。


カウンターに座って本棚から適当に引き抜いた本をパラパラと捲る。小さな文字がびっしりと埋まっているページは見ただけで読む気が失せてしまう。……どう頑張っても眠くなるので活字は苦手なのだ。これならレガリオ隊長の地獄の訓練を受けてる方がまだマシだ。いや、それも出来れば勘弁してほしいが。

溜息をついて室内を見回す。カウンターの内側《こちら》から見える景色は、いつも見ている景色とは違って新鮮だった。なんだかこの部屋の主人にでもなった気分だ。

今日、俺は午後の授業を全部サボって第二図書室に引きこもっている。その理由は明白で、ここで待っていれば必ず彼女に会えるからだ。予想していた通り、カツカツと一定のリズムを刻んだ足音が近付いてきた。

「久しぶり」

何も知らず入室してきた彼女に声をかける。実際は会わなくなってからそんなに日が経っていないのだが、なんて声をかけていいか悩んだ末の一言だ。

「……ヒューバート様？」

彼女は声の主が俺だと分かると、目を見開いて続く言葉を失った。分かりやすいほど驚いた顔をした彼女は、次の瞬間には弓矢の如く鋭い眼差しで俺を睨み付けてきた。暫くの間射抜くように睨みを利かせていた彼女——サラ・クローリア嬢は、やがて絞り出すような声で言った。

「……どうして貴方がここにいるの」

納得がいかない。理解不能。サラ嬢の顔にははっきりとそう書いてあった。眉間にシワが寄っていて、相変わらず不機嫌そうだ。

「どうやら〝人の縁〟というものは、あんな細い糸を切ったくらいじゃ切れないみたいなんだ」

俺は口角を上げながら言った。

「……何それ。全然答えになってないわ」

サラ嬢は不満そうに言ってこちらを睨み続けている。

「マリア嬢にこないだのお礼を言われたよ。俺はただ慰めただけなのにな。彼女の長年の片想いにも決着がついたそうだ」

俺は活字だらけの本を置いて立ち上がった。

「だから、その勢いで告白してきたんだ」

「……そう」

サラ嬢の眉間のシワは深くなる。う〜ん、せっかくの美人が台無しの表情だ。それなのに……どうしてだろう。今はその眉間のシワさえ愛おしい。恋は盲目とはこのことか。

「ずっとマリア嬢に憧れていたと。貴女のことが好きだった、のだと自分の気持ちを正直に告白してきた」

俺はカウンターから出ると、サラ嬢のもとにゆっくりと歩み寄る。今思えば、俺がマリア嬢に惹かれた理由は髪の色だったのではないだろうか。あの森で出会った少女のような、キラキラ輝くプラチナブロンドに。

「マリア嬢はありがとうと返事をくれたよ。過去形で告白されたのは初めてだって、苦笑いされたが」

「……過去形？」

サラ嬢が繰り返し言った言葉に、俺はわざとらしく大きな溜息をついた。サラ嬢は訝しげな顔で何やら思案している。きっとまたごちゃごちゃと難しく考えているのだろう。答えは案外単純なのに。

「言っただろ。マリア嬢はただの憧れだったたって」

「でも――」

「俺が好きなのはサラ・クローリア嬢。貴女だ」

遮るように告げると、サラ嬢は勢いよく顔を上げて俺を見た。陶器のように白い頬がだんだんと薄紅色に染まっていく。それは、初めて見るサラ嬢の表情だった。……な、なんだこの可愛い生き物は。なんだか俺まで照れくさくなってきたじゃないか。でも、いくら照れくさくても恥ずかしくても、今ここで言わなければダメなのだ。俺はずいぶんと回り道をしてしまったのだから。

「ずっと不思議に思ってたんだが」

何か言おうと口を金魚のようにパクパクさせていたサラ嬢の動きが止まった。

「最初に会った時に切った糸。あれ、ずっと俺からマリア嬢に向かって伸びてる糸だと思ってたんだが、違ったんだな」

彼女の細い肩が小さく揺れる。何やら動揺を隠しきれないようで、目も不自然に泳いでいる。

いつものように、冷静で余裕綽々《よゆうしゃくしゃく》な態度は影も形もなかった。それを見て、俺は確信した。

「あれは、サラ嬢から俺に向かって伸びていた糸だったんだろ？」

サラ嬢はしかめっ面のまま俺から視線を逸らした。その頬はまだ赤く染まっている。

そうなのだ。そう考えれば全て納得が出来るのだ。最初に会った朝、サラ嬢が赤い糸を切っていた理由も、俺の小指の糸が再びマリア嬢に向かわなかった理由も、全部。

「サラ嬢はあの時、俺への恋心をなくすために切ってたんだな？」

自分で言っていて恥ずかしいが、事実なのだから仕方ない。サラ嬢は俺から視線を逸らしたまま黙秘を続ける。彼女の性格上、無言は肯定と捉えていいだろう。

「そういえばその髪、昔はプラチナブロンドだったらしいな」

「……どうして貴方が知ってるのよ」

「ああ。キーラ様に聞いたんだ。巫女様の力の影響でだんだん黒くなっていったって」

「その通りだけど……何が言いたいの？」

すっと息を吸う。

「小さい頃、森で泣いてる女の子に出会った。プラチナブロンドの髪に赤い瞳の可愛らしい子で、大事な糸を切ったって言って泣いてた。俺は泣き止ませるために赤いバーベナの花を一輪渡したんだ」

俺は、その女の子の笑った顔がずっと忘れられなかった。あの笑顔をもう一度見たいと思って森に行っても、彼女と会うことは出来なかった。

「あの時の少女はサラ嬢だったんだな」

「………」

「いつも持ち歩いている押し花の栞がその証拠だ」

おそらく、初めて出会った時から俺の糸は彼女に伸びていたに違いない。俺自身が気付かなかっただけで、ずっと。

そして、彼女の糸も俺に伸びていたのだろう。何度切られても結ばれる、神様が結んだ本物の運命の赤い糸が。

「自分の気持ちをなくそうとしても無駄だ」

俺は彼女の手を引っ張って胸の高さまで上げると、無理やり左手の小指を立たせた。

「な、何するのよ！」

「本当の運命の相手ならまた糸が結ばれるって言ったのはサラ嬢だろ？」

切られたばかりの俺の小指の糸は確かにサラ嬢に向かって伸びているが、まだ短くて本人には届いていない。そして、サラ嬢の小指からも赤い糸は伸びていない。おそらく、出会った朝のようにハサミを使って自分で切っているのだろう。

……いまさらだが、あのハサミは何か特別なハサミなのだろうか。もしかして巫女様の力が関係しているとか？　今度聞いてみよう。

「言ったけど……なんのつもり？」

「証明するから少し大人しくしててくれ」

「は？　ち、ちょっと！　何する気!?　離してよ！」

俺はサラ嬢の立たせた左手の小指に、ポケットから取り出した赤い刺繍糸をぐるぐると巻き付けた。彼女は戸惑いながらその様子を見ている。

「言っただろ。証明するって」

俺はその赤い糸を今度は自分の右手の小指に巻き付ける。糸は綺麗な一本の線となって俺とサラ嬢の間を繋いだ。

「本気で好きならハサミで切られたぐらいじゃ気持ちは変わらない。だから俺の糸は何回切られたってサラ嬢の小指に伸びていく」

「なっ……」

「サラ嬢のことが本気で好きだから」

呆れたのか照れたのか、サラ嬢は下を向いた。二人の間を繋ぐ赤い糸が揺れる。

「信じられない…………貴方、自分が何してるか分かってるの？」

「覚悟のうえだ」

彼女の言う通り、自分でも何をやらかしているんだとは思っている。思っているけれど、彼女を振り向かせる方法がこれしか思い付かなかったのだから仕方ない。たとえ後から確実に黒歴史の一ページを刻む出来事になろうとも、後悔だけはしたくなかった。

「……貴方は、いいの？」

サラ嬢は下を向いたまま、消え入りそうな声で言った。

「何がだ？」

「だからっ！　私でいいのかって聞いてるのよっ！」

「……良くなかったらこんな恥ずかしい告白はしないだろ」

「…………そう」

聞こえた声はひどく弱々しかった。しおらしいサラ嬢はサラ嬢らしくなくて調子が狂う。

「私、捻くれてるし友人もいないし社交界でも実家の評判は悪いし、巫女の血なんて厄介な力も受け継いでるし、他人の赤い糸を好き勝手に切っちゃうような自己中女よ？」

「知ってる。というか、一応自己中の自覚はあったんだな」

「う、うるさいわね。ああやってれば誰も近付いてこないからちょうど良かったの。それなのに……まさか貴方も赤い糸が見えるようになってるなんて予想外だったわ」

「ああ。それは俺が一番驚いた」

「私の言動や家族の問題にまで首を突っ込んでくるし。お節介にもほどがあるわよ」

「それは君だったからだ。ほっとけなかったんだからしょうがないだろ」

サラ嬢は観念したように溜息をついた。

「…………ええそうよ。小さい頃に森で貴方と会ったのは私。両親の糸を切ってしまって絶望に打ちひしがれていた時に会ったの。そこで貴方は力づける言葉を私にくれたわ」

「……けど、結局は上手くいかなかったんだろ？　俺の思い付きの言葉のせいで余計傷付けてごめん」

「いいえ。あれはあの時の私にとって間違いなく心の支えになった。結び直せばいいなんて、当時の私には思い付かなかったから。まぁ、上手くいかなかったのは仕方ないわ」

苦笑混じりに言った。

「学園に入って貴方を見かけて、すぐにあの時の男の子だって気付いたわ。でも声はかけなかった。いえ、かけられなかった。私は貴方を見てるだけで十分だったの。それなのに……」

いったん言葉を切り、再び口を開く。

「あの日の朝、貴方と会った時は心底神様を恨んだわ。よりによって、貴方に伸びた私の糸を切ってるところを見られるなんて……ってね。まぁ、貴方は自分から伸びた糸だって勘違いしていたからなんとか誤魔化せたけど」

開き直ったのか、サラ嬢は顔を上げて俺を睨み付けてきた。

「私の願いはただひとつ。好きな人には……貴方には、貴方の好きな人と幸せになってほしいのよ」

「なるほど。それなら俺の幸せはサラ嬢の返事次第で決まるということだな」

「そうじゃなくて！」

「いや、そういうことだろ？」

サラ嬢はぐっと言葉を詰まらせた。

「これだけ言ってるのに……なんで諦めてくれないのよ」

「好きだからだ。貴女の笑顔を一番近くで見ていたいから。何より、貴女を幸せにしたいからだ」

……まったく。こういう時ぐらい素直に「はい」と言ってほしいものだ。

「……私、は」

躊躇いがちに呟かれた声に、俺は耳を傾ける。

「貴方も知っている通り、私は一度家族を壊してる。他人の気持ちを考えず、周りにいるたくさんの人を傷付けてきてしまった。だから、私と一緒にいたら私はきっと貴方を傷付けてしまう。

「……それが、私は怖いのよ」

やはり、サラ嬢はそれが原因で一歩を踏み出せずにいるらしい。傷付けるのが嫌で人との関わりを断ち切っていたくらいだ。トラウマになっていることにはもちろん勘付いていた。

しかし、それとこれとは別である。

「……いいか？　誰かを一生傷付けない人間なんていない。逆に、傷付かない人間もいない」

言い聞かせるような口調で話すと、こくり、と小さく頷いた。

「俺だって怖いんだ。俺の言葉で、無意識のうちにサラ嬢を傷付けているかもしれないと考えると怖い。現に俺はもう何度もサラ嬢を傷付けてるし。……申し訳ない」

サラ嬢はふるふると首を横に振る。

「傷付くのは嫌だし、傷付けられるのも嫌だ。それはみんな一緒だ。サラ嬢だけじゃない。みんな傷付けて傷付いて、それでも乗り越えていくんだ。笑って、泣いて、ぶつかって、仲直りして。それを繰り返しながら、人と人は繋がっていくんだよ」

彼女はぎゅっと自分の手を握った。その拳を解くように、俺は彼女の手に自分の手を重ねる。

「レイラ様やキーラ様とも、時間はかかったが話せば分かり合えただろ？　今まさに、前に進もうとしてるだろ？」

暫く考えた後、サラ嬢はまたこくりと頷いた。それを見て俺は薄く笑みを浮かべる。

「これからはたくさん話をしよう。思ったことはなんでも言い合うんだ。そうじゃないと、すれ違って面倒なことになる。大丈夫。俺たちは上手くやれるはずだ」

「そう……かしら」

「サラ」

それでも不安そうな顔をする彼女の名前を呼んで、大きく息を吸い込んだ。

「貴女が好きだ」

本日何度目かの俺の告白にゆるゆると顔を上げた彼女の顔は想像以上に真っ赤で、想像以上に可愛かった。

ふと気が付くと、刺繍糸で無理やり繋げた赤い糸の他に、俺たちの間には他人には見えない本物の赤い糸が結ばれていた。彼女も初めて見るのだろう、再び繋がった本物の運命の赤い糸。結び目はもちろん蝶結びである。

神様か巫女様か知らないが、たまには良い仕事をするじゃないか。少しだけ見直してやった。

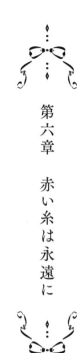

第六章　赤い糸は永遠に

　サラと気持ちが通じ合った後、どういうわけかその話は瞬く間に学園中に広まり、貴族間の強力な情報網を通じてあっという間に両家の人間に伝わった。話を聞いた両家の行動は異常に早く、社交シーズンでちょうど王都に来ていたヒューバート家とクローリア家が驚くほど隙のない連携プレーを見せた結果、たったの数か月で俺たちは正式な婚約者となった。

　……いや、いくらなんでも早すぎないか？　普通は顔合わせやら婚約条件の確認やら書類の作成やら手続きやらで、もう少し時間がかかるはずだろう？　最低でも半年はかかるはずだが……。誰かが手を回したとしか考えられないスピードだ。まぁ、確かにいずれ婚約はするつもりだったから、それが早いか遅いかというだけの差ではあるんだが……問題は両家のテンションだ。

　婚約成立後、兄を含めたうちの家族は狂喜乱舞の大はしゃぎ状態だった。それはそれは、見ているこっちが恥ずかしいほどの浮かれっぷりである。「良かったなぁ！」と繰り返しながら涙を流す父を落ち着かせるのは大変な作業だった。どうやら弱小貴族の次男でなかなか婚約者が決まらないことを、父なりに気にしていたらしいのだ。いや、それにしたって喜びすぎだろ……。

しかし、後からサラに聞けば、「お母様とキーラ叔母様もえらいはしゃぎようだったわよ」とぐったりした様子で話していたので、お互い似たような感じだったのかもしれない。

「お待たせいたしました。採寸の方が終わりましたので、デザインの確認をお願いいたします」

「あ、はい」

女性デザイナーの呼びかけで、俺は柔らかなソファーから立ち上がった。

――俺とサラは今、王都の中心街にある有名な仕立て屋、マダムキャリーの店に来ている。

年に一度学園で行われるパーティーに参加するためだ。学園で行われるそのパーティーは公式な行事であり、社交に慣れていない学生に社交の基礎を教える良い機会にもなっている。そのため、制服ではなくドレスやタキシードなどの正装で参加することが通例だ。自分で仕立てに行く者も多いが、婚約者がいる者は一緒に行ったり、パートナーがプレゼントしたりすることが多い。

だから今回、俺はサラに贈るドレスや装飾品を仕立てにやって来たのだ。せっかくだから本人の納得いくものを着てもらいたいと、休日に予定を合わせて一緒に店を訪れたのだが、サンプルドレスの種類が多くてどんなものが良いのか、かなり迷ってしまった。だって、婚約者と初めてのパーティーなんだ。少々気合いが入ってしまうのは仕方ないことだろう？　もちろんお金のかけようにも気合いが入っていて、ヒューバート伯爵家の威信をかけたと言っても過言ではない。

ここでそんなに気合いを入れて大丈夫なのかと思わなくもないが、まぁおそらく大丈夫なのだろう。

「ドレスはホルターネックのオフショルダー、露出は控えめにということでしたので、レースの五分袖タイプとさせていただきますね！　お色は明るめのマロンブラウンを基調に、スカートはオーガンジー生地を使用したフィッシュテールとしますが、脚はあまり出しませんのでご安心を！　あとは上半身に刺繍などを施して華やかにしていく、と。このようなデザインとなりますが、よろしいでしょうか？」

「ええ」

採寸を終えて少し疲れたようなサラが答えた。

「かしこまりました。出来上がり次第すぐにご連絡いたしますね！」

「よろしくお願いします」

お礼を述べるサラを、デザイナーの女性——マダムキャリーはじっと見つめる。そして、ほぅ、と息を吐き出した。

「それにしても、クローリア様は美しいうえに華奢で色白でスタイルも抜群でございますから、どんなデザインにするか迷ってしまいますわ！　だってどれも本っ当に素敵でお似合いなんですもの!!　創作意欲が湧きすぎてひとつに選ぶのが難しいのです！　ああ！　可能ならうちのお店のモデルになって何着でも着てほしいぐらいの美貌だわ！」

ギラギラした目で力説するマダムに、サラは愛想笑いを浮かべる。

「実を言うと美しい体のラインが出るマーメイドドレスも捨て難かったのですが、あれは本物の夜会向きですからね……次に仕立てる時のお楽しみにとっておきますわ！　ですから、次もぜひ当店にご連絡くださいね！　っと、あら失礼。私ったらお渡しする書類を忘れてきちゃったわ。すぐに取ってきますから少々お待ちくださいませ！」

彼女はこの店のオーナーで女性に大人気のデザイナーらしいのだが、ずいぶんと気さくで明るい。おそらく、キーラ様《侯爵家》の紹介がなければ門前払いされてしまっただろう。そんな有名人にお願いするということもあり、これでもだいぶ緊張して店にやって来たのだが、おかげで無事にドレスを決めることが出来てとりあえず一安心だ。しかし、気になることがあった俺は隣のサラにこっそりと話しかけた。

「なぁ……ドレスの色、本当にあれでいいのか？　他の色が良ければ遠慮なく言っていいんだぞ？」

そう。俺が気になっていたのはドレスの色。この国では夜会やパーティーの際、恋人や婚約者、既婚者がいる者はドレスや装飾品の一部にパートナーの瞳や髪の色を入れる、という風習がある。だから今回のドレスの色は俺の髪の色である明るめのマロンブラウンを選んだのだが……せっかく着飾るなら、もっと華やかな色の方がいいんじゃないだろうか？　制服だってブラウンで落ち着いた色だし……俺の色は、どこかに差し色として入れれば特に問題ないだろうから、今からでも変更は可能なはずだ。

「このままでいいわ」

「本当に？」

「ええ、もちろん」

サラはしっかりと頷いた。それを見て、俺はほっと息をつく。

「……そうか」

俺の場合、髪の色も瞳の色も地味なのでなんとなく申し訳なく思っていたのだが……いや、でも、うん。そうか。俺の色を身に纏うサラの姿を想像すると自然と顔がニヤけてしまうな。

「……何よその顔」

「な、なんでもない！」

危ない危ない。このままじゃただの変人になってしまう。……家族だけじゃなく、浮かれているのは俺も同じだな。

俺は無理やり顔を引き締めると、戻ってきたマダムキャリーの話を聞くことに専念した。

ドレス選びが終わると、今度は宝飾店へと足を運ぶ。まぁ、こっちはドレスに合うものを店の人と相談して決めたので比較的短時間で済んだのだが。

少し疲れた俺たちはカフェで休憩を取ることにした。出来たばかりのお店で、女子生徒たちの間でも行ってみたいと話題になっていたお洒落なカフェだ。サラも密かに気になっているようだったのでちょうどいい。中途半端な時間だったせいか、列に並ぶことなく入店することが出来た。店内には個室もあるようだったが、天気が良いのでテラス席に案内してもらった。太陽光を遮るパラソルの下、そよそよと吹く風が心地良い。

「こちらキャラメル・ショコラケーキのセットとミルクティーでございます。ごゆっくりお過ごしくださいませ」

さすが甘党。見ているだけで口の中が甘くなってきそうなそれを、サラは嬉しそうに頬張っている。俺も、一緒に注文したミルクティーで喉を潤した。……うん、美味い。仕立て屋と宝飾店の二か所を回ってお疲れ気味の体に、糖分がじんわりと染みていく。

俺はポケットに忍ばせた淡いピンク色のリボンがかけられたギフトボックスに手をやる。実は、彼女にサプライズプレゼントとして渡すため、先ほどの宝飾店に前もって注文していた物だ。サラがいない間に、店員さんがこっそり俺に渡してくれた。いつ渡そうかと悩んでいたが、ちょうどいい。俺はポケットから手を出す。

「……これ」

テーブルにことりとギフトボックスを置いた。サラはフォークを持った手を止め、俺とギフトボックスを交互に見てから不思議そうに首を傾げる。

「何よこれ」

「いや……その。たいしたものじゃないんだが、婚約の記念として用意したプレゼントだ」

「プレゼント？　貴方が？」

サラは大きな目でまじまじと俺を見やる。その視線がなんだかいたたまれなくて、俺は不貞腐れたように口を開いた。

「……なんだよ」

「いいえ。なんていうか、貴方にこんな粋なことが出来るなんて思ってなかったから。ただ単純に驚いてるだけ」

「……悪かったな無粋な男で」

「ふふっ、冗談よ。これ、開けてもいいのかしら？」

「どうぞ」

サラは箱を受け取ると、リボンを解いて丁寧に開けていく。中から出てきたのは、バーベナをモチーフとした小さな髪飾り。赤いルビーや白のダイヤが使われた高級感のあるものだ。ただし、いつどこで付けても問題ないように、あまり派手すぎないようデザインを工夫してもらった。

「これ、バーベナ？」

「ああ。栞として持ってるものは小さい頃に適当にあげたやつだろ。せっかくあんなに大事に持ってくれてるなら、今度はちゃんとしたもの、出来れば身に着けられるものがいいかと思って選んだんだが……」

早口で説明する俺に向かって、サラはふんわりと微笑んだ。

「これ、すごく綺麗ね」

確かに、その輝きと色合いは彼女の艶のある黒髪に着けたらさぞかし映えるだろう。サラは微笑んだまま言った。

「……嬉しい」

「え？」

「ありがとう。大事にするわ」

……こんな時に素直になるとは。実は計算か？ 計算なのか？ 俺は誤魔化すように咳払いをすると、さり気なく話題を変える。

「そ、そういえば、レイラ様から手紙が来たんだって？」

「ええ。先日返事を出したばかりなのにもう来たのよ？ ペースが早すぎて困るわ」

そう言いつつも、内心喜んでいるのがよく分かる。どうやら親子関係は順調らしい。まったく。こういうところは相変わらず素直じゃない。

「領地に戻ってからも体調は変わりないのか？」

「大丈夫みたいよ。お祖父様や、お母様を長年支えてくれてる執事がサポートしてくれてるんですって。私たちの婚約がよほど嬉しいみたいで、手紙にまで何度も書いてくるのよ？　貴方にもよろしく伝えてくれって書いてあったわ」

「ははっ、それなら良かった」

サラは再びケーキを口に運ぶ。

――ところで、お気付きだろうか。

婚約者になってから俺は呼び方を〝サラ嬢〟から〝サラ〟に変えたのだが、彼女の方は〝貴方〟だったり家名の〝ビューバート様〟だったり、婚約前とまったく変わりがないということに。

友人でさえ名前で呼び合っているのに、これはちょっと問題なんじゃないか？　サラが素直じゃないのは分かっているが、この件に関しては話が別だ。というか、正直なところ呼んでほしい。

俺のことを名前で。もちろん愛称でもいい。……うん。どうやら俺は、婚約者同士になってからずいぶんと欲が出てきてしまったようだ。

「どうかした？」

気持ちが顔に出ていたのか、サラが問いかける。

「……いや、別に」

「ウソ。それ、別にって顔じゃないんだけど？」

「…………」

思わず口ごもってしまった俺に対して、サラは追及の手を緩めない。

「何かあるなら言ってくれる？　私、回りくどいのは嫌いなの。知ってるでしょ？」

言い方はキツいし表情もいつも通りだが、内心では不安なのだろう。一緒にいるうちに分かるようになってきた。

「じゃあ、ひとつ聞きたいんだが」

「何かしら？」

「俺たち、婚約者同士だろう？」

「そうね」

「交際は順調だ」

「そう……ね」

「なら、なぜ名前で呼んでくれないんだ？」

「は？」

俺の言葉がよほど意外だったのか、サラは目を丸くする。

「婚約者じゃなくても、親しい間柄なら名前で呼び合うのは普通だろ？」

「それは……」

「俺たちは十分、親しい仲だと思うんだが？」

「………」

「なぁ、そろそろ名前で呼んでくれないか？」

サラは珍しく左右に目を泳がせると、ぐっと眉間にシワを寄せる。その顔のまま言い訳めいた言葉をこぼした。

「……まだ慣れないのよ」

「俺はサラって呼んでるのに？」

「……っ」

促すようにじっと赤い瞳を見つめると、観念したのか、はぁ、と息を吐き出した。眉間にシワを寄せた不機嫌顔でこちらをチラリと見やると、小さな声で言った。

「…………アレックス」

俺はぐっと息を呑む。

……おおっと、これは。想像以上の破壊力だ。好きな人に名前を呼んでもらうというのはなんていうかその……非常に照れくさい。自分の顔に熱が集まっていくのが嫌でも分かる。

「ちょっと！　自分から言えって言ったくせに照れないでよ！」

「……すまない」

赤くなった頬を誤魔化すように、俺はカップに口を付けた。

すれ違う学園の生徒たちが浮かれ気分なのは、おそらく勘違いではないだろう。まぁ、それは俺にも当てはまることではあるが、今はちょっと置いておこう。

「ドレスはお決まりになりまして？」

「当日はお揃いのアクセサリーを身に着けるんですの」

「エスコートに誘いたい女性がいるんだが、受けてくれるか不安で……」

「お前なら大丈夫だよ。今日にでも誘ってみたらどうだ？」

生徒たちは、一か月後に迫ったパーティーの話で盛り上がっていた。それもそうだろう。婚約者がいない者にとっては意中の人と近付ける絶好の機会だし、婚約者がいる者は相手との仲を深められる一大イベントなのだから。その影響で、空中に伸びた赤い糸はかつてないほどの大渋滞を起こしている。恋心とは単純だが複雑だ。

「クローリア嬢とのデートはどうだった？」

「は？」

「こないだの休みにドレス選びに行ったんだって？　ほら、今度のパーティーのための。で、新しく出来たカフェでお茶したんだろ？　ん？」

休憩中、トムが俺に向かって先日の出来事を並べる。当たり前のように言ってるが……なんで知ってるんだよコイツ。俺は遠慮なく訝しげな視線を投げ付ける。

「……お前、仮にも騎士候補生なんだからストーカー行為はやめた方がいいぞ？」

「はぁ⁉　ちっげーよ！　巡回の時たまたま見かけたんだ！　変な勘違いすんなよな！」

ああ、なるほど。そういえばあの日、トムは巡回の当番だったっけ。

「こっちは真面目に街の平和を守ってるっつーのにカフェでイチャコラしやがって！」

「別にイチャコラなんてしてしてない」

「嘘つけ！　楽しそうに話してただろ⁉　テラス席で！　パラソルのもと！　見つめ合って！」

いったいどのあたりの様子を見られていたのだろう。つーか、さすがに会話までは聞かれてないよな？　聞かれてたら恥ずかしすぎるんだが。

「パーティーがあるからってみんなウキウキしやがって！　クソッ！　羨ましくなんかないんだからな‼」

非モテのトムはずいぶんとご乱心である。俺は彼の小指から伸びている赤い糸に目をやりながら聞いた。

「で？　そういうお前はソフィア嬢を誘えたのか？」

「は？」

「え？」

「ん？」

「へ？」

トムは呆気に取られた表情で俺を見る。……あれ？　俺何か変なこと言ったか？　首を傾げて見返すと、トムは顔を真っ赤にして慌てふためいていた。

「なっ、なっ、なんっ、な、なんで⁉　なんでお前、お、お、俺が、その、ソ、ソ、ソフィア嬢って……！」

いや、動揺しすぎだろ。何を言ってるのかさっぱり分からない。いまさら何をそんなに慌てる必要が…………あ。そういえば。トムはソフィア嬢に想いを寄せていることを誰にも話していないんだった。俺は赤い糸を通して勝手に知っているだけで……そうか。ずっと密かに想っていたのに、俺に気持ちがバレてたからこんなに動揺してるのか。悪いことしたなぁ。……まぁいいか。

「あー、悪い。なんとなくソフィア嬢を気にしてるのかなと思ってたんだが。……違ったか？」

「ち、違う！　…………ことも、なくはない……が」

どっちだよ。我が友人ながら実に面倒くさい。そういえばコイツ、他人の情報は事細かに把握してるけど自分のことはあんまり人に教えないタイプなんだよな。無駄な秘密主義者。

「それで？　誘えたのか？」

「くっ……！」

もう一度確認するように聞くと、トムは急所を突かれたようにがっくりとうなだれた。どうやらまだ誘えていないらしい。まぁ、分かってたけど。俺は呆れたように溜息をついた。

「早くしないと誰かに先を越されるぞ？　彼女を慕う令息は密かに多いし、婚約破棄してフリーなんだから」

「うるさい！　分かってる！」

「八つ当たりはみっともないぞ」

「くっ！　去年まではお前も仲間だったくせに！」

「今年は違うけどな」

得意気にそう言えば、トムは悔しそうにギロリと俺を睨む。

「チッ、自分が婚約したからって余裕ぶりやがって！」

「誘い文句なら一緒に考えてやってもいいぞ」

「必要ない！」

「ははっ。まぁ、あと一か月ある。せいぜい頑張れよ」

「お前に言われなくてもそのつもりだ！」

練習着に着替えたトムはぶんぶんと模擬刀を振り回しながら部屋を出て行った。俺はニンマリと笑いながらその後ろ姿を見送る。

トムとソフィア嬢の糸が繋がりそうなことは絶対に教えてやらない。俺とサラの気持ちが通じ合った後、「あの二人、正式に付き合い出したみたいだぞ！」とあちこちに噂を流したトムへの細やかな仕返しだ。


そして迎えたパーティー当日。

会場は学園の敷地内に設営された大ホール。劇場ひとつ分ほどの大きさがある巨大なホールは、普段淑女科の模擬舞踏会や学園集会なんかに使われてはいるが、騎士科の俺にはあまり縁がない場所だ。ただ、宮廷舞踏会の会場を想定して造られていることもあり、外観も内装もかなり豪華なものとなっている。もちろん王宮よりは劣るが、こういった雰囲気に慣れておくためにはちょうどいい規模なのだろう。

俺は黒のショートフロックコートにグレーのタイとベスト、赤いカフスボタンに同じ色のポケットチーフを胸元に挿した正装姿でサラとの待ち合わせ場所に立っていた。ちなみに、このカフスはサラから贈られたものだ。シルバーの枠にピタリとはめられた赤いルビーは、彼女の瞳と同じくキラキラと輝いている。

……なんだか待ち時間が妙に長く感じてソワソワと落ち着かない。周りを見ると、俺と同じように落ち着かない様子の男子生徒が何人かいて、勝手に仲間意識を持ってしまった。

女子生徒は準備に時間がかかることから、いったんタウンハウスに戻り馬車で会場に来る者、家から専属の侍女を呼んで準備をする者、学園が用意したメイドに手伝ってもらう者と、支度の方法は様々だ。確かサラは学園が用意したメイドに準備を手伝ってもらうと言っていたから、そろそろ来る頃だと思うんだが……。

「アレックス・ヒューバート様」

名前を呼ばれ、振り返った俺はハッと息を呑んで固まった。

ホルターネックで首元が隠れた上半身には繊細な刺繍が施され、五分丈の袖にはレースが重ねられている。肩の開き具合もちょうど良く、オーガンジー生地を使ったスカートは動くたびにふわりと揺れている。胸元と耳元にはシルバーのアクセサリー。黒髪のストレートヘアは左サイドにふわふわと編み下ろされ、バーベナをモチーフとした赤い宝石の髪飾りが煌めいている。もちろん、全て俺が贈ったものだ。

ドレスアップしたサラは、見惚れて動けなくなってしまうほどの美しさだった。いつもよりしっかりと施されたメイクも、非常によく似合っている。女神と言っても過言ではない。……普段でさえ美しい彼女がこれだけ着飾ったのだ。注目を浴びるのは間違いないだろう。露出を少なめにしてほしいと注文していて本当に良かった。あの時の俺を褒めてやりたい。

地味かと不安に思っていたマロンブラウンのドレスだったが、そんな心配は無用だったようだ。さすがキーラ様ご紹介の有名デザイナー。腕は確からしい。サラのドレスとセットで仕立ててもらった俺のこのフロックコートとも、当然ながらピッタリと合っている。

「待たせちゃってごめんなさい。準備に少し手間取っちゃって」

カツカツとハイヒールを鳴らしながら、サラはこちらに近付いてきた。

「…………いや」

……まずい。動揺しすぎて何も言葉が出てこない。言いたいことはたくさんあるはずなのに脳も口も言うことを聞いてくれない。それでも、なんとか奮い立たせて口を動かす。

「……綺麗だ」

「ありがとう」

「……綺麗だ」

「今聞いたわ」

サラは呆れたようにツッコミを入れる。ああ、本心からそう思っているのに、俺の語彙力がないせいで「綺麗だ」しか言えない。何か気の利いた台詞のひとつでも覚えてくれば良かった。結婚式までにはもっとちゃんとしっかり伝えられるように勉強しておかないと……って何を考えてるんだ俺！　それはまだまだ先の話だろ!?　挙動不審な俺が面白かったのか、サラがクスクスと笑う。……うん、やっぱり笑った顔も綺麗だ。

「貴方もよく似合ってるわ。カフスも着けてくれたのね」

「当たり前だろ。気に入ってる」

「それなら良かった。悩んだ甲斐《かい》があったわ」

パーティーの数日前、いつものように第二図書室で過ごしていた時のことだ。

「これ、貰って」

実にあっさりした言葉と共に渡された黒のジュエリーケース。中に入っていたのは赤いカフスボタンだった。驚いてサラを見ると、「良かったら今度のパーティーで使ってちょうだい」と本を読みながら言われた。おそらく照れ隠しでそっけなくしているのだ。詳しく聞けば、彼女が一人で選びに行ってくれた品物だそうで。軽く感動したのは秘密だ。

「そっちこそ。髪飾りも着けてくれたんだな」

「当たり前でしょ？　気に入ってるもの」

俺たちは目が合うと、どちらからともなく笑い出した。

「そろそろ時間だ。行こう」

「ええ」

エスコートするために手を差し出すと、サラはその手をすぐに取ってくれた。


受付を済ませ中に入ると、ホールは既に人で溢れていた。煌びやかなシャンデリアに負けない、赤、青、黄色、ピンクといった色とりどりのドレスに、ゴールドやシルバー、サファイアなどのアクセサリーを纏った女子生徒たち。その姿は非常に華やかで美しい。みんな嬉しそうに笑みを浮かべ、友人やパートナーとの会話を楽しんでいた。両端に並んだ長いテーブルには豪華な料理やデザートが並べられ、後ろには数十人の給仕係が間隔を空けて控えている。

「おい、あれ見ろよ」

「綺麗だ……」

「破局の魔女……」

「婚約したって本当だったんだ」

「悔しいけどドレスも素敵だわ」

ある程度予想はしていたが、会場での俺たちは注目の的だった。興味や好奇心を隠すことなく、近くを通れば何やらヒソヒソと小声で話されるし、あちこちから突き刺さるような視線を感じる。まるで値踏みでもされているかのようで非常に居心地が悪い。まぁ……色んな意味で有名だったから仕方ないのかもしれないが。気にせず無視しておくのが一番だろう。

「クソッ。アイツが婚約者になれるなら俺もクローリア嬢にアピールしとけば良かった」

いやいやいや、ちょっと待て。断じて許すことの出来ない台詞に、俺は声のした方に顔を向けギロリと睨みを利かせる。よほど恐ろしい顔だったのか、発言者の男は慌てて人混みに隠れた。

……よし、先ほどの言葉を少し訂正しよう。ある程度の視線や噂話は気にせず無視するが、人の婚約者を変な目で見てくる輩《やから》には容赦しない。

「静粛に！」

いつの間にか、舞台上にモーニングコートを着用した学園長が立っていた。集まった生徒たちが静かになると、ニコリと笑って挨拶を始める。

「今日は年に一度の学園パーティーだ。美しい音楽にダンス、美味しい料理もたくさん用意してある。皆、マナーを守って友人やパートナーと楽しい時間を過ごしてくれたまえ！」

学園長の一言で、この日のために呼ばれたオーケストラが音楽を奏で始めた。それに合わせて、中央のフロアでは数名の生徒がパートナーとダンスを踊り出す。華麗なステップに息の合ったターン。さすが、淑女科の女子はダンスが上手い。日頃の練習の成果を存分に発揮している。隣でその様子を見ているサラも、もしかしたら踊りたいのだろうか。

「俺たちも踊るか？」

「……これ以上注目を浴びるのは御免だわ」

一応聞いてみたが、返ってきた返事に納得してしまった。早くもぐったりした様子のサラに、思わず苦笑いを浮かべる。

「というか、貴方踊れるの？」

失礼な。これでも一応貴族の端くれだ。次男といえど社交は貴族の基本だし、学園の授業でも基礎として習っているので踊れることは踊れる。ただし、リードに自信があるかと言われればそうではない。

「一応、な。学園でも習ったし」

「そう」

あれ……そういえば。最近は騎士候補生として剣術の訓練ばかりだったからきちんと踊れるか分からないな。なんだか急に不安になってきた。なので、予防線として言葉を付け加える。

「……ただし、上手い下手は別とする」

「ふふっ、何よそれ」

サラの笑顔に、「あのクローリア嬢が笑った⁉」「嘘だろ⁉」と周りが一斉にざわめいた。中には頬を赤く染めながら彼女を見つめている令息までいる。いつも人を避けていたし、無表情でツンケンした態度だったから、こういった表情を見るのはおそらく初めてなのだろう。だからこんなにもざわめいているのだろうが、実に腹立たしい。頬を染めている令息の視界に入らないよう、俺はさり気なくサラの姿を自身の背中に隠した。

「ご機嫌よう、サラ様！」

そんな周りの空気を気にも留めず、弾むような勢いで声をかけてきたのは、鮮やかなオレンジ色のシフォンドレスに身を包んだソフィア嬢だった。その隣にはグレーのフロックコートを着用したトムの姿がある。どうやらエスコートは順調らしい。ニヤけてしまいそうになるのをなんとか我慢した。

「ご機嫌よう、ソフィア様」

サラが挨拶を返すと、ソフィア嬢はパッと顔を輝かせ、珍しく興奮したように語り出す。

「サラ様!!　本当は会場で見つけた時すぐに話しかけたかったのですが、近付くのを躊躇ってしまうほどの美しさで……！　見惚れて動けなくなってしまいましたわ！」

「そんな大袈裟な……」

「大袈裟なんかじゃありません！　メイクももちろんですがそのドレスもすごくお似合いで……！　まるで女神のような美しさですわ！　レースの刺繍が繊細でお綺麗ですし、なんて言ったってそのスカート！　丈の長さが前後で微妙に違うのが斬新でとっても目を惹きますわ！　あえてボリュームを抑えているのも大人っぽいサラ様にピッタリです！　どこのお店で仕立てたんですの？」

「マダムキャリーの店よ」

「まぁ！　王都中の女性が憧れるあのマダムキャリー!?　どうりで素敵なはずですわ！」

ソフィア嬢はさらに目を輝かせる。

「サラ様のそのドレスはマダムキャリーの店で仕立てられたんですの？」

ひょっこりと話に入ってきたのはマリア嬢だった。ピンクと白を基調としたプリンセスラインの可愛らしいドレスを着ている。女性が集まってきたので、俺は会話の邪魔にならないようトムと共に少しだけ離れたところに移動する。

「ええ、そうらしいですわ！」

「まぁ、素敵！　本当にお似合いですわ、サラ様！」

きゃあきゃあとはしゃぐ二人にどう反応していいか分からず、サラは若干困惑気味だ。さらに、褒められ慣れていないせいでその困惑は増していく。

ソフィア嬢は、ダニエルから庇ってくれたあの騒動をきっかけにサラに懐くようになった。大人しくて控えめな印象のソフィア嬢だったが、実際は結構明るくて元気だ。もしかしたら、ダニエルと婚約破棄したことで色々なことが吹っ切れたからかもしれない。実際、表情も前より明るくなったしな。

二人は会えば挨拶や軽い世間話をし、時々食事やお茶を共にしているようだ。サラもソフィア嬢と話をするのが楽しそうなので、こちらとしても嬉しい限りである。

サラに親しい友人が出来たことを知ったら、レイラ様もキーラ様もさぞかしお喜びになるだろう。

「その赤い髪飾りも素敵ですわ。もしかしてバーベナかしら？　アレックス様からの贈り物ですの？」

「ええ、まぁ」

「ドレスは一緒に仕立てに行ったんですの？」

「ええ、まぁ」

「まぁまぁ、なんて仲がよろしいのかしら！　とっても羨ましいですわ。ドレスのお色もアレックス様の髪の色ですし、アクセサリーのセンスも素敵！　ふふっ、サラ様は愛されていらっしゃいますね」

「そ、そんなこと……っ！」

サラは頬を真っ赤に染める。

「まぁ！　照れてるサラ様も可愛いですわ！」

「美しい上に可愛いなんてずるいです！」

「……お二人とも、揶揄わないでくださいませ」

サラは消え入りそうな声で言った。いつも冷静だからか、困惑している姿を見るのも新鮮でいいな。……いや、今の会話はこっちにも飛び火した感じが否めないが、聞こえないふりをしてやり過ごそう。

「本当に羨ましいですわ。私もそろそろ次の婚約者を決めなくちゃいけなくて」

「私もですわ」

「あら、マリア様は引く手数多《あまた》じゃないですか。今回のパーティーだって、たくさんのご令息にお誘いを受けていたでしょう？」

「それを言うならソフィア様もでしょう？」

女子トークはしばらく止まる様子はない。

俺は給仕から貰った果実水のグラスに口を付ける。それにしても、サラは客観的に見てもやっぱり綺麗だな。

「どうした？　ぼーっとして」

俺と同じように果実水のグラスを持ったトムが隣から話しかけてきた。ああ、そういえばいたんだったな。さっぱりとした口当たりのそれを喉に流し込んでから、俺はゆっくりと口を開く。

「いや？　俺の婚約者は美人だなと思って見惚れてた」

「幸せ者は消え失せろ」

トムは真顔のまま言い放つ。いつものように大声で騒ぎ立てないところに恐怖を感じた。

「パーティーの席で物騒なこと言うのやめろよ」

「チッ。盛大に惚気やがって！」

正しい意見を言っているにもかかわらず、トムは俺に向かって舌打ちした。解せぬ。

「いいか？　言っておくがお前がクローリア嬢と婚約出来たのは俺のアドバイスのおかげなんだからな？　あの時俺がクローリア嬢の情報をお前に教えたから今があるんだぞ？　お前は俺に感謝すべきなんだ！　いいか⁉　そこんとこ絶対に忘れるなよ⁉」

うん、実にうざったい。でもまぁコイツの言うこともあながち間違いではないので否定はしない。感謝もしないけどな。俺はトムに白けた目を向ける。

「お前だって俺のおかげでソフィア嬢のこと誘えたんだからお互い様だろ」

「うっ」

口ばかり達者でなかなか行動に移せないヘタレ男ことトーマス・オルゲンを、サラとランチを共にしていたソフィア嬢のもとに連れて行き、わざわざパーティーの話題を出して誘いやすい雰囲気にしてやったのは何を隠そうこの俺だ。

あの時、「やっぱりダメだ！　緊張しすぎて喋れない！　帰る！」と駄々をこねるトムの背中を蹴り飛ばし、彼女のもとに連れて行ったから今があるのだ。コイツこそ俺に感謝するべきなのである。

「それは……心の底から感謝しておりますアレックス・ヒューバート伯爵令息様」

「素直すぎて逆に怖い」

俺は空になったグラスを給仕に返す。ふと、サラの隣にあるオレンジ色のドレスに目をやった。トムは残念ながら婚約者ではないので今回はドレスやアクセサリーを贈れなかったみたいだが、自らオレンジ色のドレスを選んだソフィア嬢はなかなかの策士だと思う。オレンジは彼女自身の瞳の色でもあるし、トムの髪の色でもあるから。

オレンジを身に着けておけば周囲に二人の仲をアピールするのにもちょうどいいし、もし実際にどうなのか聞かれても「自分の瞳の色だから選んだの！」などと言って誤魔化せる。う〜ん。こんな駆け引きなんてせず、お互いさっさと気持ちを伝えてくっつけばいいものを。赤い糸の行方を知っている者としてはもどかしくて仕方がない。

「それにしてもクローリア嬢、最近ますます美人になったよなぁ。お前が見惚れるのも頷けるわ」

「見るな。減る」

俺は手に精一杯の力を込めながらトムの目を思いっ切り塞いだ。

「痛い痛い痛い！　ちょ、やめろ！　ホントに痛いって！」

「潰さないだけありがたいと思え」

「こっわ！　見ただけで目潰しされるとかこっわ！」

「そりゃ、綺麗なサラを見るのは俺だけでいいからな」

「うわー、ごちそうさまでーす。……つーか、なんかお前婚約してからキャラ変わってないか？　あんまり嫉妬深いと嫌われるぞ？」

「なんとでも言え独身貴族」

「くっ……！　言い返せないのが辛い！」

トムは右手で悲しそうに目元を覆う。まぁ、確かにキャラが変わったと思われても仕方ない。自分でもその自覚はあるのだ。本当、嫉妬とか独占欲とか、ちょっとは気を付けておかないとな。

目元から手を外したトムが、こちらを見てふと笑った。

「……なんだよ」

「いや？　……でも、本当に思うよ。クローリア嬢もお前も、前よりよく笑うようになった。幸せそうなのが伝わってくるよ」

「……ああ」

なんだか急に照れくさくなって、俺は思わず視線を逸らす。

「ははっ！　結婚式には呼べよ!!」

「お前もな」

「おっ!?　お、俺は！　その、まだ全然先の話っつーか！」

「ああ、そうか。まずは告白が先だな」

「う、うるさい！」

まぁ、なんだかんだでトムはいい奴なのだ。アホでウザくてヘタレで騒がしくて空気が読めなくて……あれ、こうしてみるといいとこないなコイツ。まぁ……それでも。俺の一番信頼出来る友人だ。

さて。そろそろ女子二人の勢いに呑まれっぱなしの我が婚約者《サラ》を助けに行くとするか。俺はサラの後ろに近付き、肩にそっと手を乗せる。

「お二人とも。盛り上がってるところ申し訳ないが、そろそろうちの婚約者様を返していただけるかな？」

わざとらしくカッコつけた俺の言葉に、ソフィア嬢とマリア嬢はハッとして顔を見合わせる。

「あらまぁ！　私たちったらすっかり話し込んじゃったわ」

「アレックス様、サラ様をお借りしたままでごめんなさいね」

「いやいや、こちらこそすまない。これからもサラと仲良くしてもらえると俺も嬉しいよ」

「もちろんですわ！」

「ええ。私も、ぜひ」

「ありがとう。二人とも、パーティーを楽しんで」

二人は軽くカーテシーをすると、それぞれのパートナーのもとへ戻っていった。ちなみに、マリア嬢のパートナーはひとつ年上の従兄弟に頼んだらしい。さっきの会話にも出ていたが、婚約者はまだ決まってないそうだ。

彼女たちのマシンガントークから解放されて戻ってきたサラは、すっかり疲れ切った顔をしていた。慣れない状況で限界がきたのだろう。無理もない。

「大丈夫か？」

「……まぁ、なんとか」

「少し外に出て休むか？」

「ええ。そうしてくれると助かるわ」

「分かった。行くぞ」

俺たちはホールを抜け出すと、広いバルコニーに出た。外の風は爽やかで涼しく、火照った体にはちょうど良い。バルコニーの手すりに背を向けて寄りかかると、ホールで演奏されている音楽が微かに聞こえてきた。

「ほら」

「……ありがとう」

俺は果実水の入ったグラスを隣のサラに手渡す。おそらく喉が渇いているだろうと、ホールを出る前に彼女の分を貰っておいたのだ。

「ねぇ、さっきの。もう少し早く助けに来てくれても良かったんじゃない？」

「友人同士の会話に水を差しちゃ悪いだろ？」

「私が困ってるの面白がってたくせに」

「……バレてたか」

サラはムッとした表情で果実水を飲む。ちなみに、さっき俺が飲んでいたものとは違い甘いものを選んだ。

「貴方から贈られたドレスやこの髪飾りについてすごく質問されたわ。それに……たくさん褒めてくれた。だけどなんて返せばいいのか全然分からなくて。結局あんまり話せなかったわ。やっぱり会話って難しいわね」

「あの二人相手なら特に気にしなくて大丈夫だと思うぞ。サラの性格を理解してるし」

「……だといいけど」

優しく風が吹き、ふわりとスカートの裾が揺れる。俺はホールに集まった色とりどりのドレスを思い出していた。

「……なぁ、マダムキャリーの店でも言ったけど、本当にこの色のドレスで良かったのか？　その……俺の髪だとちょっと地味だろ？」

「いいって何度も言ってるでしょ？　しつこいわね」

「いや、だって。周りはピンクとか黄色とか赤とか……めちゃくちゃ華やかだったし」

そう言うと、サラはなぜか大きな溜息をつく。

「周りは別に関係ないわ。私は……私はね、貴方の色のこのドレスがいいの。……察しなさいよ。鈍いわね」

「っ！」

俺は思わず口元を押さえる。おいおいおいおい。ちょっと待てよ……今の可愛すぎないか？　何やらこの数か月でツンデレの威力が倍増してる気がするんですけど。婚約者フィルターがかかっているからか？　いや、そんなものあってもなくても変わらないだろう。ぎゅっと抱き締めたい衝動に駆られたが、一応ここは学園だ。俺は理性を総動員して我慢した。

「……貴方こそ」

「ん？」

俺が理性を保とうと必死になって剣術の型を一から思い出して気を紛らわせていると、サラは躊躇いがちに声を出した。

「わざわざ休日に二人で宝飾店に行ったり、ドレスを選びに行ったりしたのは驚いたわ。男性はそういうの苦手な人が多いから」

「……そうか？」

「ええ。だって、ドレスを選んだりジュエリーを選んだりするのって時間がかかるじゃない。待ってる方は退屈でしょ？」

「いや？　好きな女性との買い物なら何時間でも待ってられるぞ？」

俺の発言に、サラはなぜかピタリと固まった。何か言いたいことがあるのか何度か口をぱくぱくさせた後、眉間にぐっとシワを寄せる。これは今までにも何度か見たことのある仕草だ。主に照れて言葉が出ない時なんかによく見られる。

それから、拗ねたような口調で言った。

「……まったく。貴方って鈍いくせにそういうことはストレートに言うわよね」

おっと、痛いところを突いてくる。

「性格なもんでね。貴族として直情型はダメだって分かってるんだが……回りくどいのはどうも苦手なんだよ。君と一緒だ」

俺は溜息をついた。いつも思ってはいるのだ。いつか取り返しのつかないことを起こしてしまう前に、この短気でなんでもかんでもハッキリ言ってしまう性格を直さなければ、とは。だけど実際、持って生まれたものを直すのはなかなか難しい。それに正直言って、自分の中では結構この性格も気に入っているしな。だけど将来のことを考えるならやはり直した方が──。

「別にいいんじゃない？」

「は？」

顔を上げると、サラは真っ直ぐに俺を見ていた。

「私は自分の気持ちとか、なかなか素直に言えないから。その……貴方の……アレックスのそういうところ、結構好きよ」

サラは頬を染めながら優しく微笑んだ。……クソッ、その台詞でその表情……しかも名前呼びで言うなんて卑怯だろ！

結局俺は、我慢出来ずにサラを抱き締めた。せっかくかき集めた理性は全て無駄になってしまったが、まぁ仕方ない。

「なっ!?　何するのよ!?　ホールにたくさん人がいるのよ!?　人前でこんなことするなんて信じられないわ！」

「……うるさい。君が悪い」

「はぁ⁉」

「君が……サラが急に可愛いこと言うのが悪い」

「かわっ⁉　そ、そんなこと言ってないわ！」

慌てている様子も可愛い。しばらくジタバタと動いていたサラだが、腕の中から抜け出せないと分かったらしく、諦めたように大人しくなった。

「なんだか貴方、婚約してから態度がおかしいわ」

「おかしい？」

「優しいっていうか……甘いっていうか……」

「婚約者に甘くなるのは当たり前だろ？　好きなんだから」

「ほら……そういうところよ」

サラは恥ずかしさに堪えきれなくなったのか、俺の胸にすっぽりと顔を埋める。俺は笑って、抱き締める腕に力を込めた。

「あー……早く卒業して結婚したい」

「だからっ！　……そういうところだってば」

そう言いながらも、サラはぎゅっと俺の背中に腕を回した。

——彼の言葉はずっと私を支えてくれた。

幼い心に芽生えた恋心。自分の赤い糸が彼に向かって伸びていくのが目に見えて分かっていたけれど……私は怖くてそれを切り落としていた。この糸は繋がってはいけない。繋がったら相手を不幸にする。そう思っているのに、糸は切っても切っても彼に向かって伸びていく。まるで、自分の気持ちに嘘をついても無駄だぞ、と言わんばかりに。

その赤い糸は、今も確かに続いていていて——。

体にピッタリとフィットし、上半身のラインが強調されたビスチェタイプのAラインドレス。シャンパンゴールドの糸で繊細な刺繍が施され、ふわりと広がったチュールスカートには砕いて粉状にした宝石がこれでもかと散りばめられている。動くたびにキラキラと煌めいて、眩しいほど。レースのロンググローブにもドレスと同じ繊細な刺繍と宝石が施され、その美しさは圧巻だ。

さすが王都を代表する大人気デザイナー、マダムキャリーお手製の特注ウェディングドレスである。もちろん着心地も最高で、滑らかな生地は柔らかくて気持ち良い。

編み込みのシニヨンヘアに載せられた煌めくティアラ、胸元には黄褐色のゴールデンスフェーンが輝くネックレス。これは、彼の瞳に一番近い色を選んだ。もちろん、イヤリングもお揃いだ。肌も全身ピカピカに磨かれ、いつもより念入りにはたかれたキメの細かいおしろいのおかげか艶が出ている。パールが入った特製のものらしいが、効果は抜群だ。支度を手伝ってくれた侍女の皆さんは「とってもお美しいです！」「女神様が降臨されたのかと思いました！」「こんなお美しい花嫁様は見たことがありません！」と口々に褒めてくれて、なんだかとても照れてしまった。もちろん、花嫁の気分を乗せるためのリップサービスだということは分かっているけれど。


学園を卒業して半年。私とアレックスは今日、王都の教会で結婚式を挙げる。

まさか私が初恋の彼と結婚するなんて……人生何があるか本当に分からないものだ。

一人きりの控え室で、私は深呼吸をして心を落ち着かせる。

……先ほど、この場所にお母様がやって来た。私の姿を見たとたんに大号泣を始めたのでちょっと困惑したけれど、一緒に来たお祖父様がなんとか落ちつかせてくれたので助かった。

「綺麗よ、サラ。本当におめでとう。アレックス様と幸せになってね」

涙と共に言われた言葉が心に残る。

すっかり元気になったお母様は、今では領地で当主としての仕事に尽力している。小指に残っていたボロボロの赤い糸は、もうほとんどなくなっていた。代わりと言ってはなんだが、小指には誰かから伸びた赤い糸が絡まっていた。これはきっと、お母様を長年支えている邸の彼の物だろう。実は、昔にも一度、彼の糸がお母様に向かって伸びているのを見たことがある。誰にも言わなかったけどね。どうやら今はまだ一方通行のようだけど、いつかその赤い糸が結ばれたらいいな、なんて思う。

「サラ様、お時間です」

「――はい」

私は白と青の花で作られたブーケを持って立ち上がった。

リーン、ゴーン、リーン、ゴーン。

王都の教会に、祝福の鐘が鳴り響く。

「おめでとう！」

「サラ様！　お綺麗ですわ！」

「お幸せに！」

集まったみんなからの声に感極まって、なんだか涙が出そうになる。

――私は今までたくさんの人の幸せを壊してきたから、幸せになってはいけないのだと思っていた。でもその考えは間違っていると、弱くてずるくて素直じゃない私に、彼は真っ直ぐ向き合ってくれた。彼はずっと私の心の支えだった。彼を好きになって、人を好きになるのが怖くなくなった。人と関わることが怖くなくなった。彼と一緒ならきっと、どんな困難も乗り越えられると思った。私も、彼を支えたいと心から思った。

だから、私の赤い糸はもう切る必要はない。

お母様、キーラ叔母様、お祖父様、初めて出来た友人のマリア様、ソフィア様、その婚約者となったトーマス様、アレックスのご両親に、お義兄様夫妻。みんなの笑顔と涙に囲まれながら、私は一歩一歩、彼のもとに向かう。

「サラ」

名前を呼ばれて顔を上げると、お互い笑顔を浮かべる。

「……綺麗だ」

「ありがとう」

「……綺麗だ」

「貴方、昔からそればっかりね」

「す、すまない！　一応褒め言葉は勉強したんだが、やっぱりこれしか言葉が出てこなくて」

緊張しすぎて逆にいつもと変わらない彼の様子になんだか安心してしまい、私はクスクスと笑う。タキシードに身を包んだアレックスとしっかり腕を組むと、私たちは歩き出した。

神父様の前に立ち、永遠の愛を誓う。

「それでは、誓いのキスを」

照れ笑いを浮かべながら、お互い見つめ合う。そっと肩に手が置かれ、アレックスの無駄に整った顔がゆっくりと近付いてきて——私は静かに目を閉じた。

エピローグ

「どうしてお父様とお母様の小指には赤い糸が結ばれているの？」

その質問に、私の心臓がドキリと跳ねた。

だけど平静を装って私と同じ赤い瞳を持った娘の頭を優しく撫でる。

私とアレックスの娘、アンジェラ・クローリア。

彼女もまた、クローリア家特有の巫女様の力を受け継いで生まれてきた女の子だ。しかも、私と同じ赤い糸が見えるという特殊な力を持っている。

……まさか親子二代で巫女様の力を授かるなんて思わなかった。しかも同じ力だなんて……。

記録を見る限り、こんなことは初めてなんじゃないだろうか。もしかして、アルも赤い糸が見えるからその血が濃くなったのかしら。いや、それは分からないけど。

娘はこちらを見上げながら、私の答えを待っている。

「それはね――」

「それは、お父様とお母様がお互いを愛している証拠なんだよ」

突然聞こえた声に振り向くと、真っ黒な騎士服を身に纏ったアルが立っていた。

「お父様!!」

アンジェラが駆け出すと、アルは娘を容易く受け止め抱き上げる。

「おかえりなさい。早かったのね」

「ただいま。ああ。遅番の後輩が早く来たからさっさと交代してきたんだ」

あらまぁ、可哀想に。きっとアルに早く来いって言われてたんだわ、その後輩の人。自分《アル》が早く家に帰れるように。そう言いつつも、アルが家にいるのは私も嬉しいので、その後輩団員には感謝だ。

現在アルは、王都で第二騎士団の第三副隊長として働いている。母は女伯爵としてまだまだやる気なので、私が爵位を継承して領地に戻るのはもっとずっと先になるだろう。

「お父様おかえりなさい！　お仕事終わったの？」

「ああ。午後はずっと家にいるぞ」

「やったぁ！」

アンジェラは抱っこされたまま、アルの小指をじっと見つめる。

「ねぇ。お父様とお母様は、愛し合ってるから赤い糸が結ばれてるの？」

「ああ、そうだよ」

「じゃあ……アンジェラのことは愛してないの？」

「まさか!!　愛してるに決まってる！」

アルが即答する。もちろん私も同じ気持ちだ。すると、アンジェラは泣きそうな顔で言った。

「それなら、どうしてアンジェラの小指はお父様ともお母様とも結ばれてないの？」

悲しげに眉を下げたアンジェラをぎゅっと抱き締めると、アルは言い聞かせるように優しい口調で続けた。

「いいかいアンジェラ。お父様もお母様も、アンジェラのことは心から愛している。これは本当だ」

「……うん」

「でもアンジェラが見えてるこの糸はね、たった一人の愛する人と繋がる、特別な赤い糸なんだ」

「特別？」

「そう。アンジェラにはアンジェラの小指と結ばれる運命の相手がいるんだ。だから今はお父様ともお母様とも結ばれていないんだよ。その人の分を残しておかなきゃならないからね」

アンジェラはその話を聞くと、目を輝かせ自分の小指を見つめた。

「それだけじゃない。この力はね、他の人の幸せも見つけられる素晴らしいものなんだよ。お母様も、その力で色んな人を幸せに導いたんだ」

「本当？」

「ああ、本当だよ」

「わぁ、お母様すごーい！」

アルの言葉に胸がキュッとなる。……本当に。どうして彼はいつも私の心を救ってくれるのだろう。

「みんなが幸せになれるよう、アンジェラも巫女様の力についてちゃんとお勉強しようね」

「はーい！」

「いいお返事だ。それじゃあ部屋で待っててくれるかい？　後からお父様とお母様も行くから」

「うん、分かったわ！」

アンジェラはアルから離れると、意気揚々と勉強部屋に向かった。

アンジェラの力が発現したのはつい先日のことだ。一応、力が発現した時から巫女様のことや赤い糸についての説明はしているけれど、理解するにはまだまだ時間がかかるだろう。

「あの子……大丈夫かしら」

「ん？　何がだ？」

「いつか間違って、私たちや……誰かの糸を切ってしまったりしたら……私みたいな思いをしなきゃいいなって」

これから先、この力のせいで苦しむことがきっとあるだろう。傷付いてしまうことも、傷付けてしまうこともあるだろう。その時娘はどうするのか。私はどうすればいいのか。今から心配で仕方がない。

「大丈夫。あの子は一人じゃない。それに、俺たち家族がいるんだ。何かあったら話し合って、解決策をみんなで考えようじゃないか」

「ええ……そうね」

ふと心が軽くなった。アルが言えばなんでも大丈夫に思えてくるから不思議だ。もしかして、これが信頼というものなのかしら？　だとしたら、なんだか嬉しい。

「ああ、そうだ。もし俺たちの糸が切られたとしても心配はいらないぞ」

「え？」

「何度切られたってまたすぐに繋がるからな。これは学生時代に証明済みだろ？」

アルが揶揄うようにニヤリと笑った。その笑顔が、学生時代の笑顔と重なる。私は頭に着けている髪飾りをひと撫でした。赤いルビーと白いダイヤが付いた、私にとって特別な髪飾り。

「……私、貴方と結婚出来て本当に良かったわ」

「なっ⁉」

口をついて出た言葉に、アルは真っ赤になって慌て出す。

「……不意打ちはやめてくれ。ずるい」

はぁ、とひとつ息を吐くと、アルは弱々しい声で言った。それがなんだか可愛くて、私は満面の笑みを浮かべる。

「それじゃ、約束通りアンジェラのところに行こうか。きっと待ちくたびれてるぞ」

「ええ、そうね」

頷くと、アルは私の手を取って歩き出した。


——私たちの運命の赤い糸は、今日もしっかりと小指に結ばれている。

番外編　糸屑～ある男の後悔～

どこから間違っていたのか――なんて、考えても仕方のないことを毎日毎日考えている。
いいや、本当は分かっているんだ。今の生活は、卑怯で最低な僕への罰なのだと。

僕はとある伯爵家の三男として生まれた。

後継の長男、スペアの次男とは違いいてもいなくても良い存在、それが僕。だから両親は基本的に僕をほったらかしだった。最低限の教育は受けさせてもらったけど、大事にされていないのは誰から見ても丸分かりだった。二人の兄より自由があったのは確かだけれど、両親が兄たちを可愛がる姿を見るたびに覚えた寂しさや疎外感は幼心に傷を残していた。

そんな僕の心の支えとなっていたのは、幼馴染の女の子、アンナだった。彼女はハワンズ男爵家の長女で、三つ上の兄と二つ下の弟を持つ優しくて明るい女の子だった。本来なら伯爵家の子どもが下級貴族と関わりを持つことは良しとされないのだろうけど、ほったらかしにされているだけあって僕の交友関係に両親は口出ししてこなかった。

だから僕は毎日彼女と一緒にいた。草原で花を摘んだり、図書館に行って本を読んだり、こっそり街に出かけてみたり。彼女と過ごす日々は楽しく、僕の寂しさをどんどん埋めてくれた。

そんな僕たちが惹かれ合うのは必然だったのだろう。

年頃になると、僕たちは恋人と呼ばれる関係になっていた。身分の差があるとはいえ、僕はアンナと結婚すると決めていた。僕に関心のない両親だが、世間体を考える二人のことだ。反対される可能性が高い。どうやって両親を説得しようかと考えていた矢先——問題が起こった。

彼女の父である男爵が詐欺に遭い、多額の借金を背負ってしまったのだ。

彼女は入学予定だった学園に通えなくなり、家事と仕事に追われることとなった。人の良い男爵は娘を金持ちの貴族に嫁がせることはせず、少しずつでも自力で借金を返そうと金策に走った。アンナは家族に愛されているのだ。……まぁ、今回はその人柄の良さが裏目に出て騙されてしまったわけだが。

僕は僕で、服や装飾品を売ったり、少ないながらも個人資産から引き出した金をこっそりと男爵に渡したりしていた。

なんとかして彼女を、彼女の家を助けたかったのだ。

思い切って、父に伯爵家から男爵家への援助を願い出てみたが、〝赤の他人を助ける義理はない〟〝男爵家を助けてもうちのメリットが何もない〟などとそれらしい理由を並べられ、断られてしまった。だから僕は意を決して男爵家の娘《アンナ》と結婚したいのだと話した。……当たり前だが許可は下りなかった。それどころか、たとえ結婚しても平民になるお前に男爵家は助けられないぞ、と現実を突き付けられた。……そうだ。男爵家は彼女の兄が継ぐ。僕は継ぐ爵位もなく、このままだと平民になるだろう。王宮の文官を目指してはいるが、男爵家の借金を返せるほどの稼ぎは見込めない。いったいどうすれば……悩みが解決しないまま時間だけが過ぎていく。

そんなある日、我が領地が水害に襲われた。大雨により川が氾濫し、防波堤が壊れ、街に水が押し寄せた。その被害は甚大で、街は泥と瓦礫だらけになった。伯爵家は復興に力を注いだ。怪我人や病人の手当て、避難所の設営、領民の住居の確保、食料や水の配給、泥と瓦礫の撤去、防波堤の修理、店の建て直し。

一族総出で作業に当たるが、やるべきことが多すぎて人も財源も何もかもが足りない。復興に使うために借りる金はどんどん増えていく。どうしよう。どうすればいい？

困り果てた我が領地に手を差し伸べてくれたのは、同じ学園に通うレイラ・クローリア嬢の家であるクローリア伯爵家だった。

クローリア伯爵は、我が領地の復興に協力すると申し出てくれたのだ。支援金、資材、機材、人材の派遣の他、背負った借金の返済も肩代わりしてくれるという。

――ただし、僕とレイラ嬢の結婚を条件に。

父からそのことを聞いた時は、とにかく頭が真っ白になった。ただ、やはり男爵家とは違い、僕は両親にとって単なる駒でしかないんだなと思ったことは覚えている。家のためにも領民のためにも断るという選択肢はない。僕は震える拳を隠して、レイラ嬢との結婚を承諾した。

当たり前だが、愛しいアンナとは別れざるを得なくなった。苦渋の決断だったが仕方ない。領民を守るのは貴族の義務。貴族ならば受け入れなければならないのだ。

アンナは涙を浮かべながらも、僕との別れを受け入れてくれた。僕は彼女を抱き締め、他の女性と結婚しても僕の心は一生アンナのものだと告げる。これから妻となる彼女には申し訳ないけれど、せめて心の中だけはアンナを想うことを許してほしい。身勝手な僕はそんなことを考えていた。


レイラ嬢との婚約が決まると、家での僕の扱いがあからさまに変わった。両親がやたらと僕を気にかけるようになったのだ。

〝くれぐれも失礼のないように。我が家の全てはお前に懸かっている、頼むぞ。ご令嬢と仲良くな。〟〝貴方は我が家の希望だわ！〟

今まで放っていたくせにこんな時ばかり僕を頼るなんてふざけるな。そうは思っていても口には出せない。恨むような気持ちを抱きながら、クローリア家の邸へと向かった。

レイラ嬢とは学園で話したことはないが、友人が美人だと騒いでいたような気がする。政略とはいえ、三男の僕にとってかなりの良縁だ。これは周りが放っておかないだろうな。……まったく。人の気も知らないで。

客間に案内されると、中で待っていたレイラ嬢は惚れ惚れするような美しいカーテシーをして僕たちを迎えてくれた。プラチナブロンドの髪に、青い瞳のクールな美人。それが、実際に会った彼女の第一印象だった。

書類に判を捺すと、正式に婚約が結ばれた。これで、レイラ嬢とは婚約者同士だ。なんだか実感がないや。

伯爵に二人で話してきなさいと言われたので、クローリア家ご自慢の庭園をレイラ嬢が案内してくれた。当たり障りのない会話をしながら歩いていると、レイラ嬢が立ち止まった。猫のように少しだけつり上がった、青い瞳と目が合う。

「このたびは婚約のお話をお受けくださりありがとうございます」

「あ……いえ。こちらこそ。領地への支援に感謝しております」

「……貴方のことをお金で縛るような真似をしてしまってごめんなさい」

レイラ嬢は緊張したような声で続ける。

「貴方にとってこの婚約は予想外のことだったと思いますが、私は貴方と結ばれること、とても嬉しく思っております」

面食らった僕は情けないことに何も言うことが出来なかった。そんな僕を、レイラ嬢は真っ直ぐに見つめる。

「これからよろしくお願いしますね、ジョン様」

彼女はそう言って照れたように微笑んだ。大人っぽい彼女が見せた、年相応の可愛らしい笑顔。

僕は、なぜかその笑顔が頭から離れなくなった。


アンナへの恋心に蓋をして、婚約者との仲を深めるよう僕はレイラ嬢に尽くした。

学園では仲睦まじく過ごし、毎日彼女の好きな花を贈り、休日はデートを重ね、夜会でエスコートをする。おそらく、他の人から見れば完璧な婚約者だろう。熱のこもった眼差しで僕を見つめるレイラ嬢と会うたびに、僕は罪悪感で押し潰されそうになった。

クローリア伯爵家の援助のおかげで、領地の復興はどんどん進んでいる。もし僕がここでこの婚約を投げ出してしまえば全てがパアだ。逃げ出すことは許されない。

――僕とレイラ嬢の結婚式の日。

教会で愛を誓っていると、招待客の中にアンナの姿を見つけた。僕は驚きのあまり目を見開く。招待状は送っていないはずなのになぜ……と、その理由はすぐに察しが付いた。僕とアンナの気持ちを知っている父の仕業だろう。そして、これは警告だ。結婚したのだから、お前たちはもう二度と関わるなという、牽制を兼ねた警告。

入婿の分際で愛人を持つなんて許されないし、僕自身そんな不誠実なことはしたくない。大体、そんなことをしたら支援が打ち切られ領地が終わる。さすがにそれは避けたかった。僕はぐっと拳を握った。

アンナは神父様の前に立つ僕を、静かに涙を流しながら見ていた。僕は今すぐその涙を拭ってやりたい気持ちを抑え、ただただアンナの姿を見ていた。


レイラとの結婚生活は上手くいっていた。

なんというか、彼女のそばはひどく居心地が良かった。一見冷たい印象の彼女が僕を見ると頬を染めて笑う姿は可愛らしく、こちらも自然と笑顔が浮かんだ。……僕はアンナが好きなのに。少しでも揺れ動いてしまった心に自己嫌悪する日々。

結婚して二年目には子どもが生まれた。レイラに似たプラチナブロンドの髪に、赤い瞳を持った可愛らしい女の子。喜びも束の間、レイラは娘の赤い瞳を見た瞬間驚いたようにハッと息を呑んだ。それからバタバタと周囲が慌ただしくなり、僕は置いてけぼりにされた気分だった。

それから数日後、クローリア家の力について伯爵から話をされた。東の国の巫女様の血を引いていること、生まれた娘がその力の一部を継承したこと、しかし今はまだどんな力があるか分からないこと、この話は絶対に口外しないこと。聞いたばかりのせいかいまいち信じられなかったが、まぁ、西の国では魔術なるものを使う一族がいると聞くし……と無理やり自分を納得させた。

これと言った変化のないまま数年……ある日娘のサラは言った。みんなの小指に赤い糸が見える、と。

おそらく巫女様の力の一部なのだろう。侍女が慌てて伯爵に報告する。調べると、やはり巫女様の力の一部だということが判明した。サラの見えている赤い糸は運命の赤い糸と呼ばれるもので、将来結ばれる二人の小指を繋いでいるものらしい。まるでお伽噺《とぎばなし》のような力だ。

詳しく調べていくと、その糸は運命とは名ばかりで、実際は自分が好意を持っている相手に向かって伸びていく糸だということが分かった。巫女様の力を持つ者はその糸を好きに操れるらしく、政略結婚の時なんかは役に立ったそうだ。好きだった相手との糸を切れば未練を残さず結婚出来るし、政略の相手と結べば相思相愛になれるからだ。ただし、糸が結ばれた後に本物の〝運命の相手〟になれるかは本人たちの気持ち次第だという。なんだか使えるんだか使えないんだか、よく分からない力だ。

僕は自分の小指をじっと見つめた。僕の赤い糸がどこに繋がっているのかは僕自身がよく知っている。もし……もしこの糸の先にいる彼女のことが、僕のこの秘めた想いが暴かれたらと考えると……怖くなった。そのことが原因で自然と娘を避けるようになり、職場である王宮に泊まることが多くなった。


――そんな時、アンナと再会を果たした。

なんと彼女は王宮にメイドとして働きに出て来たのだ。まさに運命のような再会で、僕の胸は熱くなる。

アンナの家は没落寸前だが、なんとか男爵家の形を保っていた。男爵を継いだ長男が色々と頑張っているらしく、借金の返済も終えたと聞く。

アンナはまだ結婚しておらず、婚約者もいない。おそらく、借金や年齢のせいで相手が見つからないのだろう。僕はずっと彼女のことを気にかけていたので、これらの情報は聞かなくても分かっていたのだが、久々に話す彼女の話にひたすら耳を傾けた。

自分が結婚してからは一度も会っていなかったが、彼女の変わらない笑顔に胸が高鳴る。

毎日アンナに会えると思うと、それだけで幸せな気分になった。でも特にどうこうしようという気はない。ただ顔を見られるだけで幸せなのだから。

だが、その幸せも束の間。

ある日サラに言われたのだ。「お父様の小指にお母様とは違う赤い糸が結ばれてるわ」と。ルビーのような真っ赤な瞳で僕の小指を見ながら、心底不思議そうな顔で。

周りがハッと息を呑むと同時に、全身の血が一気に引いた。恐れていたことが現実となったのだ。妻であるレイラの顔が見られない。情けないことに、奥歯が震えてカチカチと鳴った。

怒りをぶつけられるのか、涙を流して責められるのか――とにかく、どんなことを言われても受け止めるしかない。僕は何を言われても仕方ないことを……心の中では、ずっと家族を裏切ってきたのだから。審判を待つ時間がやけに長く感じた。

しかし妻は――レイラは何も言わなかった。おそるおそる視線を向けると、悲しそうな笑顔を浮かべて娘の頭を撫でるレイラの姿が見えた。その仕草には諦めや虚しさのようなものが感じられる。

まさか……まさかレイラは知っていたのか？

僕が他の女性を愛していることを。そんな、まさか。いや、もしそうだとしたらいつからだ？いったいいつからレイラは僕の気持ちを……。思考がぐるぐると回る。罪悪感や気まずさから、僕はますます邸に帰らなくなった。

王宮で僕の様子がおかしいことに気付いたアンナが心配して声をかけてくれたので、少し話を聞いてもらった。赤い糸のことは伏せて事情を話すと、アンナは結婚してもずっと僕のことが好きだったと。諦められなかったのだと言って頬を濡らした。たまらず僕はアンナを抱き締めた。やっぱり僕はアンナのことが好きだ。彼女と一緒にいたいという気持ちが溢れ出す。

こうなった以上、もう後戻りは出来ないだろう。僕は全てを捨てる覚悟を決めた。だって、巫女様の力を持つサラも言っていたじゃないか。僕の赤い糸はレイラとは違う人と結ばれているって。僕の運命の相手はアンナ以外にありえない。だから、僕はあの日――。

久しぶりに帰った邸の庭。花壇に咲く花をぼんやりと眺めていた娘に静かに近付く。

「なぁ、サラ」

……このままレイラと一緒にいたって幸せになれない。お互い苦しいだけだ。彼女を僕みたいな最低な男から解放してやろう。その方が二人にとって良いことなんだから。

アンナの家も借金の返済を終えたし、我が領地も復興が進み、最近では税収も見込めるようになった。貴族としての義務は果たしたんだ。だったらもう……いいじゃないか。心の中で言い聞かせるように何度も何度も同じ言葉を繰り返す。

娘の真っ赤な瞳を覗き込むように見つめ、小さく口を開いた。

「お父様とお母様の糸を切ってくれないか？　サラも、もう僕たちが苦しむ姿を見たくないだろう？　お願いだ。サラの力でお母様を助けてやってくれ」

……今思うと、なんて残酷な言葉を娘に告げたのだろう。僕は親として、人として最低だ。

僕の言葉を信じたサラは、躊躇いながらもちゃんと糸を切ってくれたらしい。僕には見えないのではっきりとは分からないが、なんだか胸が軽くなった気がした。

当時の僕はサラが糸を切ってくれたことに気分が高揚した。これで自由になれる。これで彼女と幸せになれる。子どもの頃からずっと想い続けてきたアンナと。僕の頭の中はもう、そのことしか考えられなかった。

数日後、僕は一枚の書類を持ってレイラのもとに向かった。

「すまないが、僕と別れてほしい」

向かい合ったレイラに言い放った。彼女は海のような青い瞳で僕を真っ直ぐに見据える。

「……そう。そんなに彼女がいいの。幼馴染、だったかしら」

「……やはり知っていたのか」

「ええ。貴方たちは恋人同士だったそうね。でも、これを知ったのは結婚した後よ」

彼女は諦めたような笑みを浮かべた。

「私、好きだったの。貴方のこと。学園で、貴方は覚えていないかもしれないけど、私の落としたハンカチを届けてくれて〝これからは気を付けてね〟って微笑んでくれた時から……ずっと。弱みに付け込むように婚約を結んだのは申し訳なかったけど、結婚出来た時は嬉しかったわ。これから二人寄り添って生きていくんだって、胸を躍らせた。でも、すぐに分かったの。貴方の気持ちは私にはないって。だって、彼女を見る目が違うんだもの。それで調べたら、彼女と恋人だったってことが分かって……それでも私、何も言わなかった。今貴方の隣にいるのは私だから。これからゆっくり愛を育んでいけばいいのよって、そう言い聞かせて。それからずっと振り向いてもらおうと頑張ったんだけど……でも、もう駄目なのね」

「……すまない」

「サラの言葉で決心がついたのかしら？」

「……すまない」

娘の言葉が背中を押してくれたのは事実だ。だってあの子が言ったんだ。巫女様の血を引いたあの子が。だから……。レイラの口からはぁ、と溜息が溢れた。

「我が一族が……あの子がこんな力さえ持ってなければ、私は仮初《かりそめ》の幸せの中でずっと過ごせたのかしらね」

僕は涙を流すレイラを尻目に、無言で家を出た。

レイラと離縁が成立すると、僕はアンナと共に国を出た。父は恩を仇で返すなんてクローリア家に顔向け出来ないと怒り狂い、母はこんな恥知らずが息子だなんてと泣き叫んだ。当たり前だが、実家からは勘当された。それはアンナも同様だった。レイラへの莫大な慰謝料は借金をして僕が支払った。これから取り立てに苦しめられるだろうが悔いはない。働いて少しずつでも返していくつもりだ。大丈夫。僕の隣にはアンナがいるんだから。それだけでどんなことも乗り越えられる気がする。

同僚だった文官の伝手を頼って隣国に渡り、小さな家を借りて二人で住んだ。身分は平民となってしまったが、隣には恋焦がれたアンナがいるのだ。気分は最高だった。それに、アンナは家事全般を一人でこなせるため、使用人がいなくても生活出来る。街の食堂で働き始めたアンナは、あっという間にここでの暮らしに馴染んでいった。

僕も仕事を探すが、なかなか雇ってくれるところが見つからない。

王宮の文官をしていたため、計算や書類仕事が得意な僕は事務職を中心に探しているのだが、身元のはっきりしない者に経理など金の管理は任せられないと判断されるのだろう。

とある商会の面接を受けた時、事務員ではなく荷運びとしてなら採用すると言われ、僕は二つ返事で了承した。慣れない仕事だが、今は選り好みしてる場合じゃない。借金も支払わなければいけないし、僕らの生活も懸かっているのだから。

……正直言って、仕事は想像以上にキツかった。

重い荷物を何度も何度も積み下ろし、尻が痛くなる硬い荷馬車であちこちを回る。ミスすれば先輩の職員から怒鳴られる。取引先からは、時間通りに荷物が来ない、発注していた品と違う、中の商品が壊れていた、などと散々文句を言われ、下げたことなどない頭を下げる日々。疲れ果てて家に帰ると、アンナと会話する余裕もなくすぐに寝て明日に備えた。

汗だくになって働いても給料は少なく、それも借金の返済と生活費に充てればあっという間になくなる。

ある程度は覚悟していた平民としての生活だったけれど、考えが甘かった。……今までの生活がどれほど恵まれていたのか身に染みて理解した。平民だという理由で差別を受けることも多々あり、僕は精神的にも肉体的にも疲労困憊だった。


その日は、貴族街へ商品を卸す日だった。僕の働いている商会は貴族街にもいくつか店を持っていて、他国から輸入してきた商品なんかを運んでいた。そこに行く時だけは服装や礼儀作法に気を付けるよう言い聞かせられている。

昔は母国で当たり前のように来ていた場所だが、今はあまり来たくない場所だ。嫌でも過去を思い出してしまうから。さっさと終わらせて次の場所に行こう。宝飾品店に卸すアクセサリーの箱を確認していると、誰かに声をかけられた。

「お前、もしかしてジョンじゃないか？」

その言葉に顔を上げる。窺うように僕の様子を見ていたのは、かつての学園の同級生だった。

「やっぱり！　久しぶりだな！　元気か？」

「あ、ああ」

「こんなところで何してるんだよ？」

「いや、その……仕事中で」

「仕事ぉ？　……ああ、そういえばレイラ嬢と離縁して貧乏男爵令嬢と駆け落ちしたんだっけ。そうか、この国に来てたんだな。全然知らなかったよ」

「…………」

「俺は妻と旅行に来たんだ。宝石店への近道を教えてもらって裏路地を歩いていたんだが……いやいや、まさかこんなところでお前に会うとは思わなかったなぁ」

彼は僕を憐れむように見つめた。

「つーか、お前も馬鹿だよなぁ。せっかく縁あって結婚したんだから、政略でもなんでも二人で愛を育めば良かったのに。レイラ嬢となら難しくないだろう？　あんなに素晴らしい女性なんだから。……駆け落ち相手はよほど魅力的な女性だったようだね」

僕は何も答えられない。

「ま、外野が何を言っても仕方ないか。二人にしか分からないものがあったんだろう。いやぁ、しかしもったいない話だ。あのままいれば幸せな貴族生活を送れただろうに」

彼は僕の格好を値踏みするように見ながら言った。ヨレヨレのシャツを隠した一張羅のジャケットとズボン、底の減った靴。これでも、貴族街で浮かないように配慮した一番上等な服だ。

「ははっ、平民姿も様になってるじゃないか。まぁ、今が幸せなら良かったよ」

蔑《さげす》むように笑われ、カッと頬が赤くなった。僕はとっさに俯く。

「俺は今から宝石店で妻にプレゼントを買うんだ。お前はここで働いてるのか？　だったら売上に貢献してやるよ」

そう言い残して、彼は妻である女性の手を取り店の正面へと歩いていった。僕は木箱を抱えて裏口に向かう。

見るからに貴族と分かる煌びやかな服装。気品のある立ち振る舞い。妻と寄り添い、微笑み合う幸せそうな姿。

対して、一番上等な服でさえもボロボロな平民の服を着て、毎日頭を下げながら働く自分。

……惨めだった。

今まで味わったことのない苦い気持ちが押し寄せる。本当なら、自分もその位置にいるはずだったのに。こんな風に馬鹿にされることも憐れに思われることもなかったのに。……でも、全てを捨てたのは僕だ。ギリッと歯を食い縛る。

最悪な気分を変えたくてアンナの働く食堂へ行ってみると、男性客と楽しそうに話す彼女の姿があった。光沢のある紺色のジャケットを着たその男性は、僕が働く商会の会長の息子だった。アンナとやけに親しげで、水のおかわりを注ぐだけだというのにクスクスと笑い合っている。

僕は二人の様子を見て、なぜか声をかけられずその場を後にした。口からは自然と溜息がこぼれ落ちる。

なんだかアンナの笑っている顔を久しぶりに見た気がする。仕事に追われて二人でゆっくり過ごせてないし、アンナもなんだか忙しそうだし……そういえば最近、アンナの様子が少し変だ。見たことのない髪飾りやアクセサリーを持っていたり、洋服や靴も新しいものが多い。……おかしい。ハッキリ言ってうちにはそんなものを買う余裕なんかない。二人分の給料を合わせても生活費だけで精一杯だ。じゃあ、あれはどうやって手に入れたんだろう。中には高級品もあった気がする。誰かからのプレゼントか？　最近のアンナは食堂に働きに行くにはやけにお洒落な格好だし、休日もどこかに出かけていく。さっきの様子といい……なんだか嫌な胸騒ぎがした。

それでも僕は毎日を今まで通りに過ごす。胸に巣くう違和感には気付かないふりをして。

仕事が早く終わり、たまには寄り道してから帰ろうと街をふらついていると、花柄のワンピースを着たアンナを見かけた。隣にいるのは商会長の息子だ。僕は目を見開いて立ち止まる。アンナは反対側の道路で立ち尽くす僕に気付きもしない。ふと、商会長の息子と目が合った。彼は僕を見て挑発的に笑うと、ぐっとアンナの肩を抱き寄せた。アンナは恥ずかしそうに頬を染めて男を見上げると、そのままもたれかかるように頭を預けた。

ああ……自分の中の何かがガラガラと崩れ落ちていく。

商会長の一家は平民だが、そこらの下位貴族よりもよっぽど裕福だ。容姿も整っているし、父親の跡を継ぐため将来も安泰。そのため、若い女性たちから人気がある。

アンナは学園にも通わず、社交界デビューも出来ず家のために働いてきたのだ。この国に来て、圧倒的に人との交流が少なかった彼女の視野が広がった。貴族の身分を失い、自由を得た。

そんな中で出会った、自分に好意を寄せる見目麗しい男性。毎日食堂に通っては熱い眼差しで見つめられ絆《ほだ》されたのだろうか。ドレスでも宝石でも食べ物でも、なんでも欲しい物をプレゼントしてくれて、行きたい場所に連れて行ってくれて、自分を甘やかしてくれる。今まで感じたことのない贅沢。

全てを捨て何もかもを失った僕とは違い、なんでも叶えてくれる彼に心を奪われるのは当たり前のことだったのかもしれない。

このままいくと、そのうち別れを切り出されるのだろう。……ははっ、これが運命の赤い糸で結ばれた二人の結末、か。笑わせる。

僕は小さくなっていく背中を見ていた。


半年後、僕は予想通りアンナに別れを告げられた。薄々分かっていたこととはいえ、実際に告げられると結構クるものがある。

僕を見るアンナの目にはなんの感情もこもっていない。お互いあんなに恋焦がれていたのに、別れというのはこんなにあっさりくるものなのか。僕の心はぽっかりと穴が空いたようだった。

アンナと別れた後、僕はすぐに働いていた商会を辞めて引っ越した。さすがに彼の下では働きたくなかったのだ。今はパブで皿洗いなんかの裏方業務をしながら、小さなアパートで一人暮らしをしている。

……そういえば、あの商会は裏で人身売買を行って金を不正に稼いでいるという噂を聞いたことがあるけど、実際はどうだったのだろう。確かに、若い女性従業員が突然仕事を辞めていなくなってしまうことはあったけど……まぁ、いまさら関係ないか。

はぁ、と深く息を吐く。……僕は、いったいなんのためにここまでしたのだろう。

アンナのことは好きだった。娘が言ったように、彼女とは確かに運命の赤い糸が結ばれていたのだろう。

だが、それだけだった。結ばれた赤い糸は、愛を育まなければいつか解ける。そんな当たり前のことに、僕は気付けなかったのだ。

僕は娘の力を自分の都合の良いように解釈していたんだ。運命で結ばれているということを信じて、アンナと一緒にいれば無条件に幸せになれると思っていた。だって運命の赤い糸で結ばれているんだから。……人の気持ちはそんな単純なはずないのに。

ふと、プラチナブロンドの髪を靡《なび》かせた彼女の姿を思い出す。いつも照れたような笑顔を浮かべていた彼女の姿を。

……あの頃は幸せだった。彼女に想われて。彼女の熱い瞳が眩しくて。僕も彼女に微笑みを返して。毎日を心穏やかに過ごせていたのに。そんな彼女と実の娘に、僕はなんてひどい仕打ちをしたんだろう。彼女は……レイラはどれだけ辛い思いをしていたのだろう。そして、僕はどれだけレイラを傷付けていたのだろう。後悔してもしきれない。

……今思えば、アンリへの執着に似た恋慕は自分の家族への反発が根底にあったのかもしれない。ずっと僕を蔑《ないがし》ろにしてきた家族に対する恨み。だから、親が選んだレイラを好きにならないよう、頑なに自分で選んだアンナを好きだと思い込んでいた。

……本当は、レイラに心惹かれていたのに。僕はなんて幼稚で愚かなんだろう。

いつか学園の同級生に言われた通り、二人寄り添って愛を育めば良かったんだ。変なプライドなんか捨て、自分の気持ちを正直に話して謝って、これからは君だけを愛していくと。そう言って、レイラの気持ちも聞いて、お互いに信頼を築ければ。そうすれば、あの温もりは今もそばにあったのに。

愛してくれた人を捨て、愛した人には捨てられて、僕に残ったものは結局何もない。

今……レイラは、娘のサラは幸せだろうか。

僕に泣く資格なんてないのに、勝手に涙が溢れてくる。

レイラと過ごした日々。

二人の微笑む顔。

そこにあったのは確かに愛だった。嗚呼、僕は本当に馬鹿だ。

一人ぼっちの暗闇で、僕は静かに目を閉じた。

番外編　糸屑～あるシスターの懺悔～

ステンドグラスの光が降り注ぐ礼拝堂。白い女神像の前で両手を組むと、私は静かに目を瞑る。

——私は、とある国の男爵家に生まれた。

優しい両親、兄弟に囲まれてそれなりに幸せだったと思う。でも、貧乏だったから貴族なのに生活は苦しかった。子どもの頃はまだ良かったけど、父が詐欺に遭い多額の借金を背負ってからはさらに酷くなった。

貴族の子どもが通う学園にも通えず、家の手伝いや仕事に追われる私を支えてくれたのは、幼馴染の男の子の存在だった。小さい頃からずっと一緒にいる、伯爵家の男の子。身分違いなのは分かっていたけど、私は密かに想いを寄せていた。

だから、彼から好きだと告げられた時は天にも昇る気持ちだった。もしかしたら、彼がこの生活から私を助けてくれるかもしれない。二人で幸せに暮らせるかもしれない。そんな希望を抱きながら、私と彼は仲を深めていった。

でも……そんな小さな希望も、彼の領地が水害に襲われたことであっという間に消えてしまった。彼は領地を救うため、政略結婚をすることになったのだ。彼からその話を聞いた時、私は泣いた。だけどどうしようもなくて、私たちは別れを選ぶしかなかった。

暫くすると、彼の両親から嫌がらせのように結婚式の招待状が送られてきた。もちろん、彼と政略結婚の相手との。身分が低い私は断りたくても断れるはずがない。……おそらくこれは忠告だ。彼にもう近付くなという、無言の忠告。仕方なく結婚式に出ると、白のタキシードを着た彼が、たくさんの人から祝福を受けていた。

彼の隣で幸せそうに微笑んでいる女性は、すごく綺麗な人だった。美しい純白のドレスに身を包み、指輪が輝く左手で招待客に手を振っている。

……ずるい。

彼女はなんでも持っているくせに。お金も美貌も教養も、次期伯爵としての身分も。それなのに、私の愛する人まで奪うっていうの……？　そんなのってひどすぎる。

ああ、神様はなんて残酷なのだろう。私、貴女なんて大嫌いだわ。

私は教会の片隅で静かに涙を流した。

数年が過ぎ、彼は子どもにも恵まれ順調な生活を送っているという噂が聞こえてきた。ま、あれから会ってないから詳しくは知らないけど。

私はというと、お金の問題や年齢のせいで結婚なんて出来るはずもなく、仕事ばかりに明け暮れていた。我が男爵家の生活は相変わらず苦しい。爵位を継いだ兄夫婦が頑張っているおかげでなんとか借金の返済は終えたけど、それでも貧乏生活は変わらない。

嫁ぎ先もなく実家では少々肩身の狭い私は、思い切って王宮メイドの面接を受けることにした。給料も高いし、あわよくば結婚相手も探せるしね。学園には通えなかったけど、母や義姉からマナーだけはしっかり学んでいたのが功を奏し、私は見事合格を果たした。

だけど、まさかそこで彼と再会するなんて思ってもみなかった。どうやら彼は、王宮で文官として働いていたらしい。……なんだか運命的な再会じゃない？　すっかり大人の男性となった彼の姿に、私の胸は久しぶりに高鳴った。

再会した私たちはお互い気持ちを抑えきれず、王宮で密かに逢瀬を重ねていった。そして、彼はついに奥さんと離縁し、家族も身分も何もかもを捨て、二人で他国へと旅立った。

……思えば、この時の選択が全ての間違いの始まりだったのだ。でも、熱に浮かされたような状態の私たちは周りが見えていなかった。

知らない国での新しい生活はそれなりに楽しかった。私たちは身分は平民だけど、結婚して小さな家を借りて働きに出た。私は街の食堂で働いている。貴族だった頃も外で仕事をしていたから食堂での仕事も全然苦にならない。元々身分なんてなかったようなものだし、誰かの下で働くことに抵抗もなかった。

でも、彼は違った。街で働くことに慣れていないせいか、毎日クタクタになって帰ってくる。微々たる給料は借金の返済に充てているせいでさらに少ない。好きな男性と結婚出来たのは嬉しいが、これじゃあ今までの生活とあまり変わらない。どこかに出かけることも、プレゼントを貰うこともなくなった。そんな生活に私はだんだんと不満を抱きはじめていた。

「やぁアンナちゃん。今日も変わらず綺麗だね」

私が働いている食堂に毎日やって来るこの男性は、旦那の働く商会の会長子息。昼ご飯を食べに来たり、休憩時間にふらりとやって来ては、こうして私を口説くようなことを言ってくる。

「そんな風に褒めてもオマケは付けませんよ？」

「ありゃ。本心で言ってるのにひどいなぁ」

「そんなこと言って！　どうせみんなに同じこと言ってるんでしょ？」

「そんなわけないじゃん。アンナちゃんにだけだよ」

「はいはい。じゃあ、デザートにマフィン、オマケしてあげるね！」

彼は平民だけど容姿も整っているし、商会長の息子ということもありお金も持っている。愛想も良く人懐こい性格もあり、女性からの人気も抜群だ。そんな男性からこんな風にアプローチを受けることに、悪い気はしなかった。

「あのさ、アンナちゃん。今度の休日時間ある？　もし良かったらオペラを観に行かないかい？」

「……オペラ？」

平民にはあまり馴染みのない場所のはずだけど……。ドレスコードだってあるし。

「うん。実は商会のお客さんにチケットを貰ったんだ。だけど、平民の俺には観劇のマナーとか色々分からなくて。君は他国とはいえ元は貴族だったんだろう？　良かったら一緒に行って、俺にマナーを教えてくれないか？」

私は貴族と言っても男爵だし、貧乏だったからオペラなんて観に行ったこともない。でも、一応母や義姉から最低限のことは学んでいるし、王宮で習った知識なんかもあるから教えられないこともないけど……。

「お願いだアンナちゃん！　この通り！」

彼がこんなに頼んでるんだし……それに、たまには私にも息抜きが必要よね？　日頃のご褒美ってことで、ちょっと行ってみようかな。私は戸惑いながらも了承の返事をした。

――初めてのオペラ鑑賞は、素晴らしいの一言だった。

生で聴く音楽も歌も圧巻で、最後は感動して自然と涙が出てきた。それに、彼は会場に入るためのドレスやアクセサリーもプレゼントしてくれた。もちろん、彼の商会で取り扱っている商品だ。あんなに綺麗なドレス、貴族だった頃でも着たことがない。私はすっかり舞い上がってしまった。

「今日は楽しかったわ。ありがとう」

「俺も。良かったらまた誘っていいかい？」

「……ええ」


彼は私への好意を隠そうともせず、激しいアプローチを続けていった。

二人で劇を観に行ったり、プレゼントを貰ったり、高級レストランで飲んだことのないワインや美味しいお肉を堪能したり。こんなに贅沢をしたのは、人生で初めてのことだった。

旦那には悪いけど、私もだんだん彼に惹かれていった。だって、旦那は家に帰ってきても疲れているからすぐに寝ちゃうし、会話もない。どこかに出かけることも、プレゼントもまったくしてくれない。そんなつまらない男より、私に貢いでくれる男を選ぶのは仕方ないことでしょ？

「アンナ、旦那と別れて俺と結婚してくれないか？」

ある日、彼に言われた。

その頃にはもう旦那に対して好きだという感情はなくなっていた私は、二つ返事で頷いた。あんなに……全てを捨てて駆け落ちするほど愛していたはずなのにね。

……ううん、よく考えれば、あの閉鎖的な場所で一番身近な男性だった彼に恋心を抱くのは当然と言えば当然だったのかもしれない。でも、私は自由になって色々なことを知った。もうあの頃とは違うのだ。私はすぐに行動に移した。

旦那に離縁を告げ、荷物をまとめて彼の住むアパートを訪ねた。彼は喜び、私を受け入れてくれた。同棲を始めると、家事に専念してほしいからと食堂の仕事を辞めさせられた。そんなこと、誰からも言われたことがなかったから戸惑ったけど、でも、嬉しかった。空いた時間で買い物をしたり、料理をしたり。彼との生活は楽しかった。仕事もしなくていいし、プレゼントもくれるし、一緒にいる時間も多い。

私はようやく幸せを手に入れたのだと、そう思っていた。

――ある日の夜、彼に「アンナ、ちょっと出かけようか」と言われ、アパートの裏口にひっそりと停められた馬車に一緒に乗り込んだ。馬車はいつもと違い、質素で中も狭い。

「……どこに行くの？」

聞いても、彼は愛想笑いを浮かべるだけで答えてくれない。

馬車は暗闇の中、どんどん知らない道を進んで行く。……なんだか妙な胸騒ぎがした。

舗装されていない道はガタガタと揺れ、体が痛い。不安ばかりが募っていく。

しばらく進んだ森の奥深くで、ピタリと馬車が停まった。

「中でちょっと待っててくれ」

彼は優しく笑って馬車を降りた。だけど、その目はまったく笑っていない。何？　やっぱり何かおかしいわよね？

窓からそっと外の様子を窺うと、何やら柄の悪い男性と話をする彼の姿があった。背が高くて厳つくて……見たことのない男性だ。なんだか背筋がゾクリとする。

夜の馬車移動……人目に付かない森の奥……知らない男性……いやいや、これはさすがにおかしいでしょ！

……どうしよう。とりあえず外に出なきゃと扉を開けようとしたけど、しっかりと鍵がかかっていて開かない。しかも、中からは開けられないようになっている。まるで、私が逃げないように閉じ込めているようだ。これは……ますます怪しい。

話を終えた彼がこちらに向かって歩いてきた。どうしよう。逃げなきゃヤバいわよね？　たぶん、私が外に出られるのは彼と一緒に馬車から降りる時。そしておそらく、逃げるならこのタイミングしかない。私はごくりと唾を飲み込んだ。

「アンナ、お待たせ」

外から扉が開けられる。……ここで怪しまれるような態度を見せちゃいけない。いつも通り、普通に、普通に。自分に言い聞かせながら、私は精一杯の笑顔を浮かべた。

「こんなところに連れてきちゃってごめんね。実はアンナにプレゼントがあって……馬車を降りてこっちに来てくれるかい？」

「ええ」

彼の手を取り、ゆっくりと馬車を降りる。地面に足が着いた瞬間、私はくるりと方向転換すると、全速力で走り出した。

「アンナ!?」

名前を呼ばれたけど、私は止まらない。

「クソッ！　やっぱり縄で縛っておけば良かった……！　おいお前ら！　あの女を捕まえろ！アレは高値で売れる！　絶対に逃すな！」

背後で彼の焦った声が聞こえた。

「待て！」

「逃さねぇぞ！」

「止まれコラァ！」

さっきの男性だけじゃない。どこかに隠れていたのだろうか。何人かの男性が、ものすごい勢いで私を追いかけてくるのが見えた。やだ、嘘でしょ!?　捕まりたくない！

ハァ　ハァ　ハァ　ハァ

私は必死に走った。前だけ向いて、必死に。

草につまずいても枝に引っかかっても切り傷が出来ても、私はスピードを緩めずひたすら走り続ける。だって、止まったら終わりだ。とにかく、大きな木の間を無我夢中で走り抜ける。

――どれくらい走っただろう。目の前に白い屋根の建物が見えてきた。私は最後の力を振り絞って建物の前まで走ると、閉ざされた門を必死で叩く。靴も脱げ、髪も服もボロボロ。体は傷だらけだ。息も苦しくて、お腹も痛い。

「どなたですか？」

黒い門が開き、中から白と黒の修道服を着た女性が出てきた。ってことはもしかしてここは、山の奥にあるっていう修道院？

「……あ……あ」

苦しくて声が出ない。喉がカラカラで咳き込む。

「まぁ、貴女怪我してるじゃない！　大丈夫？　歩ける？」

女性は驚きの声を上げて近付いてきた。

「貴女に何があったのか分からないけど、ここまで来ればもう大丈夫よ。安心して。さぁ、中に入りましょう」

その声を聞いて安堵した私は、力尽きたのか意識を手放した。


気が付くと硬いベッドに横になっていた。……ここはどこだろう。上半身を起こして周囲をキョロキョロと見回す。

「あら、気が付いた？」

横を向くと、修道服姿の女性がこちらを覗き込んでいた。

「ここは西部の修道院よ。貴女、門の前で倒れたから中に運んだの」

……修道院？　……門？　ああ……そうだ。私、知らない男の人たちに追いかけられて……一晩中必死で走って……思い出すと、ガタガタと体が震え出した。

「だ、大丈夫⁉」

女性は私の背中をゆっくりとさすってくれた。……私を呼ぶ声、たくさんの足音……真っ暗な森の中……。

今頃になって恐怖心が湧いてくる。怖かった……すごく。彼らは私をどうするつもりだったのだろう。もしあのまま捕まっていたら、私はどうなっていたのだろう。体が震えて仕方ない。

「待ってて。今飲み物を取ってくるから」

渡されたカップには、温かいココアが入っていた。私はそれを一口飲む。……甘い。

「少しは落ち着いた？」

私はこくりと頷く。すると、女性はほっとしたように短く息をついた。

「怪我をしていたから、眠ってる間に消毒と手当てをさせてもらったわ。それと、一応服も取り替えたから」

私の両手両足にはたくさんの包帯が巻かれていた。中には血が滲んでいるものもある。服も、シンプルなワンピースに替えられていた。

「……あ、り、がと」

声は掠れていて、上手く出ない。

「何があったかは今は聞かないわ。ただ、ここは安全だから。ゆっくり休んでちょうだいね」

彼女が出て行った後、私はわんわんと声を出して泣いた。

――翌日、昨日の出来事を軽く説明すると、この修道院が私のことを保護してくれることになった。まだ、昨日の男たちが私を探してこのあたりをうろついているかもしれないし、私自身、どこにも行く当てがないから……。

修道院での生活は質素だけど、慣れてしまえばなんてことはない。元々貧乏だからかな？ 逆に、なんだか気持ちが楽になった気がする。

孤児院の子どもたちに渡すお菓子を作ったり、バザーの準備をしたり、安全のため外には出られないけど、それなりに充実した日々を過ごしていた。


ある日の新聞で、とある有名な商会の会長とその息子が逮捕されたことを知った。……彼のことだ。私は顔面蒼白でその記事を読み進める。

新聞の記事によると、実はあの商会は裏で人身売買を行っていたらしい。匿名の密告書が警察隊に届き、秘密裏に捜査していたところ売買の現場を取り押さえ、その場で数名を逮捕。商会は摘発され、会長も同じく捕まったそうだ。その手口は、まず、会長子息がターゲットの女性を口説く。恋人関係になり女性の信頼を勝ち取る。そして、油断したところを馬車で連れ去り、専門業者に引き渡す。それを繰り返していたそうだ。

記事に書いてあることは、そっくりそのまま私が彼にされたことだった。……なるほど。つまり、私は騙されていたということか。あの甘い言葉に騙され、贅沢というエサに釣られて浮かれきった結果、どこかの誰かに売られる寸前だったのだ。

彼の口から最後に聞いた〝アレは高値で売れる〟という言葉の意味がようやく分かった。他国出身の元貴族、口を出してくる身内もいない、それなりの容姿の女性。……売るにはちょうど良かったのだろう。私の中で、何かが音を立てて崩れ落ちた。修復出来ないほど、ぐちゃぐちゃに。

信頼していた人に裏切られた私は、人を信じることが出来なくなった。

……これはきっと神様が私に与えた罰なのだろう。一組の夫婦を壊したことや、旦那を裏切った私に対しての、罰。

だって、王宮で密かに幼馴染の彼と会っていた時、いつも奥さんに対して「彼が愛しているのは貴女じゃない、私なのだ」と、優越感に浸っていたことは事実だ。私には持てないものを全て持っている奥さんに嫉妬して、わざとあの人の近くにいたことも。挙句、その彼を捨てて別の男に乗り換えたのだ。きっと神様はそんな私の汚い性根を見透かしていたのだろう。だから罰を与えた。……当然の報いだ。

生まれ故郷のあの国にいた当時の私は、自分のことをずっと可哀想だと思っていた。悲劇のヒロインを気取って、その境遇に酔いしれていた。

だけど、冷静になって考えてみれば、私より彼の奥さんや娘さんの方がもっとひどく傷付いていただろう。

長い間夫に裏切られ、傷付かないはずがない。私はこんな簡単なことにも気付かなかったのだ。

いまさらながら彼女たちに対して申し訳ないと、後悔と反省の気持ちでいっぱいになった。だけど、いくら後悔しても時間は戻らない。私の犯した過ちは、消えてくれはしない。

……だからせめて祈るのだ。謝罪の気持ちを込めて。私が傷付けてしまった人たちが、どうか幸せでありますように、と。

……あーあ。神様を恨んでいた私が神様に祈りを捧げるなんて、とんでもない皮肉だ。

「そろそろ行きますよ、シスターモニカ」

「はい、院長様」

長く修道院で保護されていた私だが、これを機に、この修道院のシスターとなることを決意した。アンナという名前を捨て、院長様から新しくモニカという名前を貰い、改心して新しい人生をスタートさせた。今度こそ間違わないように。自分も、誰も傷付かないように。

院長様に続いて、私も礼拝堂を後にする。次にここを訪れるのは夕方だろう。それまでは、孤児院で子どもたちのお世話をして過ごすのだ。

おそらく、私はこの修道院で一生静かに過ごすだろう。恋愛なんてもうこりごりだし、もう誰も信じられない。信じたくもない。

……そういえば、故郷の家族は——いや、勘当されてるから〝元〟家族か——は、どうなったのだろう。父や母は元気だろうか。兄夫婦に子どもは出来たかな。弟は婚約者が出来たかしら？　領地はどうなっただろう。領民は？　借金はなくなったけど、生活は苦しいままかしら。馬鹿な私のせいで優しいみんなにどれだけ迷惑をかけただろう。……ごめんなさい。本当に……ごめんなさい。ごめんなさい。ごめんなさい。

「シスターモニカは毎日熱心に祈りを捧げていますね。感心です」

「……ええ。私に出来ることはそれしかないので」

外は雲ひとつない青空だ。

今日も明日も明後日も、私は静かに祈りを捧げ続けるだろう。

あとがき

初めまして、百川凜と申します。

このたびは『伯爵令嬢サラ・クローリアは今日も赤い糸を切る』をお手に取ってくださり、誠にありがとうございます。

このお話は「運命の赤い糸」という恋愛ものではある種定番の題材を、異世界の舞台で書いたらどうなるだろう？　と思ったことがきっかけで書き始めたものです。Ｗｅｂサイト様に掲載していました。実は、異世界恋愛ファンタジーのジャンルを書くのは初めてだったので、わくわくすると同時に色々と悩み、試行錯誤を重ねながら書きました。

思いきってコンテストに応募してみたところ、ありがたいことに「第3回プティル小説大賞」でプティルノベルス小説大賞をいただくことが出来、書籍化することが出来ました。正直に言って今でも信じられません……！　皆様の応援のおかげです。本当にありがとうございます！　小さい頃から漫画や小説、アニメが大好きで、いつか自分の本が出せたらいいなぁと思いながら小説を書き続けていたので、感無量です……！

デジタル社会の必需品であるパソコンを持っていない私からすると、スマホひとつでお話が書けて、尚且つコンテストに応募出来るという環境は大変ありがたく、今回このような機会に恵まれ心から嬉しく思っております。

個人的に両片思いの「早くくっついて！」というじれったい雰囲気が好きなのですが、今回はＷｅｂ版から大幅な加筆を加え、二人の関係にも甘さを足しました。拙作は異世界恋愛小説では比較的珍しい男性キャラ視点で進む話だったのですが、今回の加筆で女性キャラ視点も書くことが出来て、とても楽しかったです。読んでくださった皆様にも楽しんでいただければ幸いです！

コミカライズ企画も進行中ですので、もしよかったらそちらもチェックしていただければと思います！

最後に、右も左も分からない迷子状態の私をしっかりと支えてくださったプティル編集部様、大石様、プロダクションベイジュの皆様、超絶可愛いうえに美しすぎるイラストを描いてくださったイラストレーターの鳥飼やすゆき様、本作に携わってくださったすべての皆様に感謝申し上げます。たくさんご迷惑をおかけしてすみませんでした。

そして何より、このお話を読んでくださった皆様に最大級の感謝を‼

読んだ後に幸せな気分になれるような、少しでも皆様の心に残るような、そんなお話を書けるように精一杯頑張りますので、これからもどうかよろしくお願いいたします。

では、またどこかで皆様に会える日を願って。

プティルブックス

伯爵令嬢サラ・クローリアは今日も赤い糸を切る

2024年6月28日　第1刷発行

著　者　百川 凛　©RIN MOMOKAWA 2024
編集協力　プロダクションベイジュ
発行人　鈴木幸辰
発行所　株式会社ハーパーコリンズ・ジャパン
東京都千代田区大手町 1-5-1
04-2951-2000（注文）
0570-008091　（読者サービス係）
印刷・製本　中央精版印刷株式会社

Printed in Japan K.K.HarperCollins Japan 2024
ISBN978-4-596-63804-5

※この作品はフィクションであり、実在の人物・団体・事件等とは関係ありません。

※本作はWeb上で発表された小説『伯爵令嬢サラ・クラークは今日も赤い糸を切る』（著：百川 凛）に、加筆・修正を加え改題したものです。